魔豆

The Legend of Sun Knight

吾命騎士

vol. 5

目錄

楔子 被封印的太陽

「站住！」

我停下腳步，雖然這些人一點威脅性都沒有，根本不能讓我留步，不過暫且停下來和他們玩玩倒也是項不錯的消遣。

「別離開，回頭看看我們……你轉過身來，張開眼睛看著我們！」

聽得出那人一開始努力想壓抑激動的語氣，卻終究沒忍住，最後是用盡力氣把話吼完。

「爲什麼？」我沒有轉身，只笑說：「我不需要那麼做就可以看見你們，全都看得一清二楚。」

是的，四面八方，全都一清二楚。

背後的大殿堂原本是華美壯觀的建築物，兩扇巨型木門關上後，中央會合成光明標誌，但這大門關閉的時間不多，實在是過於宏偉沉重，開關不是易事且會發出巨大聲響，主要靠兩旁守衛把關。

門的前方旁是一條長樓梯，走到底部，兩旁豎立著一整排的柱子，柱身刻畫著熟悉的徽飾，十二枚不同的造型，這些石柱呈扇形延伸出去，讓大殿堂的前方形成扇形大廣場。

這些門、柱子和廣場，甚至是殿堂的牆面，到處都雕著眾多無聊的雕飾，害我還得花更多心力去感知那些沒用的東西！

現在看起來就好多了。

石柱全都倒在地上，裂成數十塊，紋飾早已經粉碎在這些碎石堆中。

兩扇巨大的木門就剩下半扇斜斜掛著，華美大殿堂變成廢墟石堆，這樣感知起來方便許多，只要知道個大概形狀，讓自己走路不會被石塊絆倒就好，至於石塊上頭有什麼花紋或雕飾不再重要，根本不須花心力在這上頭。

「太陽！轉過身來看看我們！」

真是麻煩的傢伙！

我索性瞬間移動到他的面前，近得幾乎只有十公分距離，我猛然張開雙眼，帶著惡意將說話的氣噴吐到他臉上。

「如你所願，竟敢喊住我，還要我張眼看你們，你已經有爲此付出生命的準備了嗎？」

對方的呼吸急促起來，慌亂地說：「你、你的眼睛怎麼會變成這樣？」

「變怎樣？」我嘲弄地說：「眼睛也變黑色了嗎？這很稀罕嗎？我又不是只有眼睛變色。」

他卻一口否決：「不只是變黑，是——」

「我不想聽！」

低吼完，我大笑道：「反正我根本看不見你說的什麼顏色，所以全世界都只要有一種顏色就夠了，那就是黑色、黑色和黑色！哈哈哈——」

我猛然爆發出黑暗屬性將他整個人轟飛出去。這傢伙本就受重傷，完全無力反擊，被轟出去後在地上翻滾好幾圈，掙扎老半天才勉強坐起身，摀著嘴猛咳好一陣子，咳出來全是一口口的血。

地上不只有他，還躺著其他騎士，其中能動彈的人剩下兩個，他們眼見重傷的人咳出一堆血來，雙雙面露著急神色，連忙上前將他扶起，但其實他們自身傷勢也不輕，三個人站起後姿態歪斜，半分氣勢都沒有，就算神色再堅定又有什麼用！

我不屑地說：「眞是兩個傻子，你們若離這傢伙遠一點，說不定能保住性命。」

三人都抬起頭來望著我，剛才被我打翻的那人嘴角還帶著血，低吼：「太陽！你眞的是這麼想的嗎？」

「我是格里西亞！」

我怒聲回應，到底要怎麼樣才能讓這傢伙記住我的名字？我明明都直呼他的名字了，他叫作——他的名字到底是什麼來著？對了，是雷瑟。

雷瑟．審判。

我笑著說：「雷瑟．審判，如果你跪下來恭敬地喊我的名字，我也許可以考慮放過你。」

雷瑟看著我，那表情是……痛心？也有可能是我想多了，或許只是傷口痛，更可能是苦於他竟然得跪下來求我，哈哈哈！

這時，攙扶雷瑟的其中一人大吼：「你不是太陽，也不是格里西亞，你什麼也不是！」

我猛然停止笑聲，冷冷地看著說話的人，他是……奇克斯！沒錯，就是奇克斯，他總是愛說一些我不愛聽的話。

「殺了他們！羅蘭，他們全部都要死。」

我停頓一下，比著雷瑟說：「除了他，這傢伙留給我，你先對其他兩個動手，我要雷瑟眼睜睜地看著所有人死光！」

「是！」羅蘭從我身旁走過去，一路朝向雷瑟三人，手持他的家傳邪惡寶劍。

真怪了，羅蘭剛剛有在這裡嗎？我感覺奇怪，照理說沒有任何人事物可以瞞過感知才對，尤其是羅蘭這麼濃烈的黑暗屬性，更不可能被我忽略。

這時，羅蘭舉劍衝上前去，速度快得就像抹影子閃逝，直到他一劍劈向奇克斯，我才真正看清他的身影。

奇克斯當然完全反應不過來，這一劍劈在他的肩頭，劍身甚至一路往下劈穿他的胸膛，這深度恐怕都把整顆心臟劈成兩半了。

連叫喊都來不及，奇克斯直接倒下，再無聲息。

「烈火！」

扶住雷瑟的另外一人是艾爾梅瑞，他激動地大吼衝上前去，想試圖營救奇克斯，但靠近時，羅蘭將寶劍從烈火胸口拔出來，回手就是一劍，竟直接把艾爾梅瑞的頭砍下來。

我狂笑地走上前去，現在就只剩下雷瑟。

這傢伙，我要親手解決！

突然卻有一個人影衝出來擋在雷瑟的面前，那是伊希嵐，他大張雙手護在雷瑟的前方，對著我悲憤大喊：「太陽，快住手，你知道自己現在在做什麼嗎？十二聖騎士不會背棄十二聖騎士，這是你曾經說過的話！」

我冷哼了一聲，羅蘭立刻就衝上前去揮出兩劍，在寒冰的胸膛劃出一個大大的×

形傷痕，深可見骨。

完成任務後，他收劍退回來，伊希嵐緩緩地倒下去，當然，是再也不會爬起來的永遠倒下。

「住手！住手啊！」

雷瑟看起來痛不欲生，他拿出一把閃耀著聖光的劍——怪了，他剛剛手上有拿著這把劍嗎？光屬性這麼充沛，根本無法隱藏。

我又疑惑了，但雷瑟開口懇求：「格里西亞！拜託你，我求求你拿起太陽神劍！拿起它！」

「既然你叫了我的名字，又這麼苦苦哀求，好吧，如你所願。」

我走上前去伸出手握住太陽神劍，上頭滿溢的聖光讓我感到非常不舒服，幾乎產生「刺眼」的感覺，這對瞎子來說可不是容易有的感受，握劍的手則是陣陣灼熱，但還達不到痛感。

雷瑟的表情露出一絲希望，試著詢問：「太陽？」

我望向他，微微一笑，就看見雷瑟露出欣喜若狂的笑容，隨後又低頭看著滿地的同袍屍體，悲痛地說：「太、太陽你不要太自責，這一切都和你無關，全都要怪那害你的人。」

「不，和我有關。」我笑著說：「因爲是我下令讓羅蘭殺死他們。」

雷瑟猛然抬起頭來，這時，我將太陽神劍往前一送，在雷瑟還來不及反應之前，劍身就已經穿透他的胸膛。

他踉蹌兩下卻還是站住了，抬起頭來慘笑道：「格里西亞……不，你不是格里西亞！格里西亞・太陽永遠不會傷害我們，格里西亞已經死了，早就死了！你只是、是……」

我只是？

雷瑟、雷瑟！先別倒下，快告訴我！

我到底是什麼？

不死巫妖第一惡行

「嚇得小朋友晚上不敢睡覺」

「太陽、太陽？」

我嚇得心臟緊縮，聽見呼喚後感知到身旁有團人形的濃厚黑暗屬性——是羅蘭！

我跳起來抓住他的雙肩，激動地大吼：「羅蘭你為什麼動手？雖然是我下的命令，可那、那種事情……就算是我下令，也絕對不能做！」

羅蘭完全愣住了，等我停止搖晃，他反射性問：「那種事情是指什麼事情？」

「就是殺死……」

我甚至連那句話都說不出口！為什麼會下那種命令？還下令下得那麼理所當然？這絕對不可能是我會做的事！

「太陽，你是不是作惡夢了？」羅蘭有些困惑地說：「我一直聽見你在呻吟，所以才走進來看看，但是什麼事情都沒有發生，你只是躺著在睡覺，就是睡得很不安穩。」

惡夢？我怔了怔後立刻全面放開感知。

這是一個空間狹小的地方，我坐在一張床上，床旁有一組桌椅，桌上放著許多卷宗，除此之外再沒有其他東西，房門也不是一般的木門，卻是一扇鐵門，牆壁上只有一扇被鐵欄杆封住的小窗。

這是聖殿的禁閉室。對了！我正被審判關禁閉中。

什麼殺戮根本不可能發生，我根本沒有那種能力——但眞的只是一場惡夢而已嗎？我遲疑了。

「太陽，你還好嗎？」羅蘭擔憂地問。

這惡夢未免太眞實了，我甚至可以感覺到自己下令殺人時的惡意。

只是爲了好玩而殺人，像小孩子一般只是感到有趣就做，絲毫不管他人感受，一種令人毛骨悚然的單純惡意！

宛如之前在特萊澤爾山谷，我吸收大量黑暗屬性後，心中就只想要爲所欲爲，沒有顧忌、沒有束縛，完全不能分辨什麼事該做，什麼事情又不該做，做了會有什麼恐怖後果。

所有顧慮都拋開不管，只有自己當下玩得開心是唯一重要的事情——好可怕！

「太陽，我想你只是作惡夢。」羅蘭安慰道：「我就守在外面，根本沒有人進來，你也沒有出去，什麼事都沒有發生。」

是這樣嗎？但我還是感到不安，禁閉室其實是有暗門的，我比誰都清楚這點，雖然羅蘭說沒有人進出，但不代表我眞的沒有出去，該不會是在睡夢中做了什麼，才會作這種夢吧？

聽說世上有種病叫作夢遊，會讓人在睡夢中爬起來，於毫無自覺下做出很多奇怪的事情。

想到這，我不放心地說：「我要去看看他們。」

羅蘭詫異地問：「看誰？」

「烈火、綠葉、寒冰，還有審判。」

我一邊說一邊站起來抓過外衣披上就朝門口走去，羅蘭卻急急地衝到我的面前阻止，他堅定地說：「審判說沒有他的命令，你不能出禁閉室！」

「我要出去！」

羅蘭更堅決地回答：「不行！審判說不能放你出去！」

一股怒火突然從胸中竄起，我忍不住低吼：「羅蘭．魔獄，你要搞清楚我才是聖殿之首！」

羅蘭愣住了，但我自己也是一愣。

再怎麼樣也不該吼羅蘭，他只是聽令行事而已，而且他才剛當上魔獄騎士沒有多久，自然不會像其他人那般有默契。

所有十二聖騎士都清楚知道，當我認真下令的時候，審判從來就不會反駁我，所以即使我的命令和審判先前下的命令有所牴觸，他們還是會聽令行事。

更神奇的是所有十二聖騎士都能分辨出自家太陽騎士是不是在認真下命令，我不只一次問過他們到底是憑著哪點在判斷，如果能找出來，那自己以後就可以裝認真！

但沒有人肯說，我自認很認眞下令都沒用。

「我明白了。」羅蘭皺緊眉頭思考好一會兒後終於點頭，但答應完後，他更加堅定地說：「但我要跟著你，而且你不准再故意甩開我。」

「成交！」我立刻同意。

爲了讓羅蘭放心，我索性抓住他的手拖著他跑，一路跑到十二聖騎士的房間走廊上，夢中被傷害的四人中最近的是烈火的房間，一抵達，我就放開羅蘭的手，輕輕推了推房門。

房門如烈火一直以來的習慣根本沒鎖，直接就被推開來，我輕手輕腳地走進去後站在床尾，看著床上的人。

床明明不小，烈火卻躺在床的一側躺了個大字形，手腳有一半都懸空在床外頭，看著像是隨時會掉到地上，睡姿眞是有夠糟糕。

記得夢中的羅蘭把烈火的肩膀整個砍裂，但感知卻明確地告訴我，床上人的肩膀沒有裂開而是完好無缺的。

其實我在門外就能感知到這點，卻還是忍不住進房間站到人面前好好感知一番，確認眞的沒事後才鬆一口氣，但馬上又覺得這種確認還不夠，直接開口喊醒人。

「烈火。」

床上的人震了一下，立刻跳起來，大吼：「是誰……啊？太陽？」

認出是我後，烈火瞪大眼看著我，又朝後看跟著走進房間的羅蘭，就算是半夜被吵醒，他也是精神十足，動作大得誇張，連眼睛都瞪得又大又圓，沒有半點睡眼惺忪的樣子。

就是看著有點蠢。我走上前用力拍拍他的肩膀，他只是一臉茫然地看著我，完全沒有喊痛。

烈火真的沒裂開！我鬆了口氣。

不管烈火有沒有反應過來，我又匆匆走出房間，打算再去看看綠葉，他的房間就在隔壁而已。

一走到外面，綠葉已經站在走廊上了，他只穿著睡衣，甚至赤著一雙腳，卻沒忘記拿弓，還隨時準備朝敵人射箭，整體畫面非常不協調。

「太陽？」綠葉垂下弓，緊張兮兮地小聲說：「你偷跑出來嗎？趕快回禁閉室吧！剛才烈火叫得好大聲，可能已經把審判吵醒了！」

我沒回答，只是走上前抓住綠葉的頭，左轉轉右扭扭。

「太陽……哎呀！脖子快扭到了，你小力一點。」

綠葉喊著痛，但完全沒有阻止我扭轉他的腦袋，哪怕他根本不知道我在幹嘛，還是任扭任轉脖子這種要害部位，眞是一個好到不行的好人！

很好！綠葉的脖子和腦袋也沒有分家，而且還會喊痛，顯然腦袋還能用。

甩開綠葉的腦袋後，我又直接衝到寒冰的房門前，門還沒開，我就清楚感知房內的狀況。

這麼晚了，寒冰居然還沒睡，他背對著房門口，坐在書桌前方，桌上擺著一塊蛋糕的半成品，正細心地用奶油擠出一朵朵精緻花樣。

我一腳踹開房門衝進去。

寒冰嚇得整個人跳起來，他轉過身的時候手上甚至還捧著蛋糕，發現是我後就和烈火一樣直直地看著我，外人看見一定以爲他在冷瞪我，但寒冰絕對是呆滯、不知所措！

我衝上前去一把拍掉礙事的蛋糕，撕開寒冰胸前的衣物後用力摸了一把，他的胸膛光滑一片，完全沒有什麼深可見骨的×形大傷痕。

「太好了！」

我鬆了好大一口氣，雖然還沒有看到審判，不過烈火、綠葉和寒冰都沒事，審判一定也沒事！

所以那一切眞的只是一場惡夢而已，我沒有下令讓羅蘭殺死烈火他們，羅蘭沒有遵命犯下大錯，我更沒有親自動手殺審判，眞是太好了……

「看見了沒？太陽大半夜不睡覺，居然跑來撕寒冰的衣服！嘖嘖！」

門邊傳來眾多不同聲音的竊竊私語。

「難不成是在公主那邊受到太多挫折，決定改變對象了嗎？」

「那我以後睡覺一定把門鎖好！」

「一道門能有什麼用？他還能綁住一頭龍呢！」

「那怎麼辦呀？」

「去跟審判或是魔獄睡一間吧！他們兩個最強，應該可以抵抗一陣子。」

這都說到哪裡去了？我立刻轉過身，大聲澄清：「胡說什麼啊！我對男人一點興趣也沒有——審判？」

門外除了一堆竊竊私語的可惡傢伙外，還站著我現在最不希望看見的人——審判騎士長。

想不到他居然來得這麼快，連衣服都穿整齊了，雖然說他的衣服也就是一塊黑布……不不，是黑袍，只要披上就搞定了。

面對審判冷冷的目光，我只能硬著頭皮解釋：「我作了一個惡夢，夢見烈火、綠葉、寒冰和你都被殺了，所以就趕快來確認你們都沒事。」

雖然這是大實話，不過連我自己都覺得很難相信，聽著就是藉口，還是隨口扯出來的那種不用心藉口。

果然，不只審判，其他人也露出完全不相信的表情。

我氣餒地說：「你一定覺得我在鬼扯，其實根本就是我偷偷跑出來，還隨便找藉口敷衍你。」

審判只是一個揚眉。

「而且我還在寒冰的房間裡，多半是來拿甜點。」

他又勾了勾嘴角。

「我撕掉寒冰的衣服，大概是因爲他勸我回禁閉室，不然就要去通知你，爲了阻止他，我情急之下抓住他，才不小心撕破他的衣服……」

審判點了點頭，連其他人也露出恍然大悟的表情，除了大地還是一副不信的神色，剛剛就是他在那邊說什麼我半夜不睡覺跑來撕寒冰衣服，現在居然敢給我露出懷疑的表情！可惡，我記住你了！

「審判！」我有點惱怒地低吼：「你倒是說話啊！反正我也猜得出這次偷跑出禁閉室，你會多關我幾天，對吧？」

「你錯了，這次我不會罰你，因爲根本不需要我來懲罰你。」

審判終於開了口，他慢條斯理地說：「太陽，你正踩在寒冰做的蛋糕上。」

「……」

經他這麼一說，我才突然感覺到背後陰風陣陣，都快鬧鬼了。

我根本不敢回頭，連忙說：「審判，快！帶我回禁閉室！你不是不准我出來嗎？我願意被多關三天，就算多一週也行呀！要不然兩週呢？多兩週怎麼樣？」

「砰」的一聲，他迅速無比地把房門關上。

「……」

♣♣♣

哈、哈啾——

我重重地打了個大噴嚏，吸了吸鼻水，簡直難以置信，難道這就是傳說中的「感冒」嗎？

身爲擁有光明神眷寵的太陽騎士，我從被選上太陽小騎士後就不曾感冒，現在居然感冒了？看來寒冰這次眞的氣得不輕，砸過來的冰屬性魔法威力十足，太陽騎士都扛不住呀！

哈、哈……哈啾！

打噴嚏的同時，禁閉室的門打開，還伴隨一句關心的話。

「還好嗎？」

我頭也沒抬，只是沒好氣地說：「一點也不好，被關禁閉、要改一堆公文，寒冰又生我的氣，現在居然還感冒了，簡直是慘到不能再慘！」

來人一聽笑了出來，即使是笑聲，嗓音仍是一樣低沉，聽起來眞是讓人一點都開心不起來，能有這種讓人聽了一點都不開心的低沉笑聲，除了審判騎士長以外，全葉芽城還眞找不出另外一個。

審判笑著問：「有那麼悲慘嗎？」

又打了個大噴嚏後，我沒好氣地說：「難道我還能比現在更慘嗎？」

審判舉起手搖搖手上的公文，一邊把公文放到桌上一邊說：「寒冰說，爲了懲罰你浪費食物，接下來的一個月，他都不幫你做甜點了。」

「……我不活了，你殺了我吧！」

審判露出似笑非笑的表情，笑說：「沒那麼嚴重吧？我的甜點可以給你，你多半還會去找綠葉要甜點。」

「那不一樣！」我大聲抗議：「寒冰都會幫我做超甜的甜點，我要吃的是超甜的甜點！」

「寒冰這次鐵了心不做甜點給你，對於這件事情，我完全沒有辦法，你知道寒冰的個性，他很少生氣，一旦生氣了，那就絕對不會輕易平息，你這次又是踩爛他的蛋糕，恐怕就是我下令都不能讓他改變主意。」

我的臉垮下來。如果說好脾氣的寒冰有逆鱗，那肯定是他做的甜點被白白糟蹋。

審判嘆了口氣，無奈地說：「寒冰的事情，我幫不上忙，但如果你願意跟我說惡夢的詳細內容，那我就放你出禁閉室，而且把亞戴爾叫回來。」

聽到審判開出來的條件，我認眞地思考，雖然完全不介意被關在禁閉室，反正我平時也常把自己關在房間裡，現在只是換個地方關而已，重要的是「把亞戴爾叫回來」這個條件！

有了亞戴爾，我就可以把公文丟給他，然後出門買甜點，就算沒有寒冰做的甜點，也能勉強度過一個月；有了亞戴爾，只要有看不順眼的人，我就可以暗示他去圍毆；有了亞戴爾，我簡直可以爲非作歹——咳咳！我是說「隨心所欲」！

雖然萬分期待亞戴爾回來，但我故意露出爲難的表情，討價還價地說：「不過，你和綠葉的甜點還是要給我！」

審判點了點頭又開口說：「我的可以給你，但你盡量不要去搶綠葉的甜點，尤其是聖殿廚房休假的時候，他最近爲了寫信給月蘭國的公主，多出一筆紙和墨水的開銷，你再搶他的甜點，恐怕放假的時候，他眞得餓肚子了。」

這麼慘嗎？我勉強答應。

審判走過來與我一同坐在床邊，說：「現在就說吧！你到底作了什麼惡夢，可以讓你嚇得半夜把大家都吵醒。」

我猶豫了一下，雖然不太願意回想這個惡夢，但不說顯然過不了審判這關，還是一五一十乖乖地將夢境交代清楚，當說到自己一劍刺死審判的時候，感覺有夠尷尬，差一點就說不下去了。

幸好，審判的表情從頭到尾都沒有變，好像我的夢不是屠殺十二聖騎士這麼恐怖的事情，只是一個很普通的夢，讓我還能勉強把夢境內容說完。

審判靜靜地聽我說完，沉默思索一陣子後突然反問：「你知道，爲什麼夢中你動手的對象是寒冰、綠葉和烈火嗎？」

我根本沒想過這問題，一愣後搖頭說：「那只是個夢，應該是隨機挑了幾個人吧。」

「不，是你選的。」審判淡淡地說：「因爲綠葉曾經身亡，寒冰和烈火在先前的事件中都受傷，你對他們三個抱著深深的愧疚，對你來說，這根本就像是你親手殺死過他們。」

原來……是這樣嗎？

「別再自責了。」審判嘆了口氣，說：「寒冰和烈火都了解你的性格，才會毫不猶豫地原諒你，就是怕你過度自責，你也別辜負他們的心意，原諒自己吧！」

「我沒有太自責！」我激動地反駁。

審判居然跟夢裡說出一樣的話，「讓我不要自責」，我嚇得差點不能呼吸，就好像夢中的事情或許不是假的，可能只是會晚點發生而已，就如審判這時就說出夢中的話語——絕對不行！

審判直勾勾地看過來，完全不信的眼神，我連忙辯解：「我只是『適當地』自責而已，綠葉是我帶出去的，他被殺死的時候，我卻根本不在他身邊，烈火和寒冰甚至是我親自動手傷的，他們、他們三個都是因爲我才會——」

審判強硬打斷我的話：「他們三個全都在房間睡得好好的，唯一的煩惱就是你會有多麼自責而已！太陽，不是只有你會因爲傷害其他弟兄而難過，堅石告訴我，你欺瞞綠葉關於眼睛的事情，讓他在發現眞相之後，難過得差點想把自己的眼睛挖出來還給你！」

聽見這話，我猛然變了臉色，嚇得幾乎說不出話，結結巴巴地追問：「綠、綠葉會不會現在還想著——」

審判立刻回答：「當然沒有，堅石已經勸住人，況且就算他挖掉眼睛也沒有辦法讓你重見光明，只有留著眼睛才有辦法幫助你，綠葉很明白這點。」

我鬆了一口氣，眞是嚇死人了。

審判語重心長地說：「太陽，你會難過其他兄弟受傷，相同地，我們也會擔心你受傷，如果你不想重蹈覆轍，就不要再獨自去做危險的事情！」

聽到這話，我沉默好一會兒，有些奇怪地瞥了審判一眼，說：「你今天話眞多。」

「不多不行。」審判冷著一張臉，沉聲說：「再不跟你說清楚，你下次眞不知道又會自己去做什麼危險的事情，讓我們全都得給你收拾善後！」

這話可眞重得不行，我又不是故意想讓他們善後的。

我悶悶地說：「對不起，但是我眞的不知道發生什麼事情，爲什麼自己會被送到基辛格而且還失憶，怎麼回想都想不起來一丁點事。」

「我們遲早會調查出眞相。」審判毫不遲疑地說完，隨後又直直地瞪著我，帶著警告意味說：「如果你想親自調查，答應我，你會帶上其他人，不再自己承擔一切。」

「好。」

我這次答應得很乾脆，這種失憶搞不清楚狀況，而且還親手傷害十二聖騎士的事情，永遠都不能發生第二次！

聽到我應下後，審判總算放鬆神色，說：「那麼我回去睡了，你也回你的房間去吧，我進來之前已經吩咐過魔獄，讓他回去做自己的事情，不用再看住你。」

說完，他站起來轉身離開。

我看著審判的背影，心中總是有些納悶不解，忍不住開口問：「審判，你一向說一是一，這次說要關我一個月，怎麼才過兩週多，就肯放我出去了？」

審判停下腳步，微微回過頭來，帶著笑意說：「渾沌神殿的沉默之鷹拜訪忘響國，你作爲聖殿之首得負責接待對方，所以一定得放你出去。」

「……那你剛剛還說答應條件才肯放我出去？」我氣急敗壞地吼：「審判你、你眞的學壞了我告訴你！」

審判笑了出來，邊笑邊走出去：「我『本來』就是壞人，你不會忘記我的身分是人見人怕的審判騎士長吧？嗯？仁慈的太陽騎士長？」

「可我一點都不仁慈，所以你也不能學壞啊！你學壞了，那我不就是最大的受害者了嗎？不行，審判你要當個好人，跟綠葉一樣好——喂！別不理我啊！」

♣
♣
♣

格里西亞！你逃不掉的，絕對逃不掉，所以就乖乖地讓我殺死你，好嗎？

我猛然張開眼睛，這次卻不再慌慌張張地彈起，而是先感知周遭狀況，果然沒錯，這是我的房間，周圍也只有我一個，根本沒有人會殺死我。

又是夢嗎？

爲什麼最近時常作夢？難道是因爲之前失憶造成的影響嗎？又到底是誰想殺我？會是紅詩嗎？粉紅跟紅詩這兩個都是以小女孩形象出現的傢伙彼此到底有沒有關係？

光是這些就讓我想得頭都疼了，更別提還有審判說沉默之鷹來到忘響國的事情。

那傢伙沒事來這裡幹嘛？身爲渾沌神殿的眞正主事者，他來到不友好宗教的大本營忘響國，就和我身爲太陽騎士卻跑到基辛格王國一樣詭異——呃！

好吧，我眞的曾跑到基辛格王國去，所以人家跑來忘響國好像也沒什麼好奇怪的。

紅詩、粉紅、黑暗屬性和沉默之鷹，所有的事情好像都和渾沌神殿脫不了關係，不如就從渾沌神殿開始查，應該不會錯！

但我對渾沌神殿實在不怎麼熟悉，先找人問問去。

起床穿好衣服，梳完頭髮，接著摸摸臉確認狀態好到不行，經過兩週多的禁閉，每天都在禁閉室中敷面膜，結果就是現在的皮膚好到覺得摸女人不如摸自己——不過如果眞的有女人摸的話，我可以不要我這張臉！

話扯遠了，總之就連羅蘭都說我現在比不死生物還白，皮膚完全看不到瑕疵，絕對符合太陽騎士的白皙美男子形象，所以現在就立刻出門去問人！

「渾沌神殿？」

聖殿走廊上，暴風翻了個大白眼，沒好氣地說：「你眞把我當萬事通了？我只是熟悉一些國內的小道消息，你要問到那麼遙遠的國外去，我可沒那麼神通廣大！」

「是太陽冒昧了。」我很失望，看來暴風還是不夠萬能啊。

大概是看我實在太失望，暴風拒絕回答後又自己補充說：「你問錯人了，去問白雲試看看，他說不定在書上看過渾沌神殿的事情，那傢伙才眞正是一本會走路的百科全書。」

聽到白雲的名字，我也恍然大悟，這種事情確實該問白雲才對！看來最近問暴風問得太多，只要一有事情就反射性來問他了。

「感謝暴風兄弟爲太陽撥開層層雲霧望見璀璨的陽光，讓太陽頓時感受到光明的喜悅，感謝光明神，感謝暴風兄弟。」

暴風面無表情地說：「眞的要感謝我的話，以後麻煩不要再說感謝的話，這都說幾次了？你這傢伙是不是根本就是故意的？就跟故意叫錯我們的名字一樣——閉嘴！

不准叫我的名字！」

我閉上嘴，乖乖地點點頭後揮手道別，一句話都沒說。

等到走出十幾步，確信暴風的速度再怎麼快都不可能在旁人發現之前就衝過來打我一拳，緊接著又來得及回到原位裝作若無其事的樣子，我才跟他道別。

「再見！『死喔』。」

「……」

背後傳來暴風報復似的喊聲：「太陽，亞戴爾要三天後才趕得回來，這三天的公文，你不要忘記改喔！喂！不准裝作你聾了！」

聽不見，我聾了，聽不見……我快步地走開，一路走到圖書館去。

自從教皇上次解僱圖書館管理員，讓白雲來管圖書館後，他就再也沒能擺脫圖書館管理員的兼差，就算最近農民大豐收，奉獻的金額變多，教皇都沒讓白雲解職。

所以教皇那老頭根本就是預謀的，爲了省下一個圖書館管理員的薪水，他居然把位高權重的白雲騎士推去做圖書館管理員，這簡直是——太好了！

現在要找白雲再也不用不優雅地滿聖殿叫喊，只要到圖書館就可以找到人，實在方便許多，不少聖騎士尤其是白雲騎士小隊成員，人人都十分難得地給教皇爲了省錢提出的計畫鼓掌。

一走進圖書館，有許多騎士抬起頭來打招呼，我都一一微笑點頭回應後，走到圖書館的詢問處，優雅地敲了敲桌上的服務鈴。

鈴才響了兩聲，白雲就默默地從桌子後方「升」起來，但只露出半顆頭就不再「上升」，露出的雙眼默默看著我。

我微笑看著他，他默默地回望我，對望一陣子後，白雲就默默地站起身，再默默地跟著我離開。

當然，只有他是默默的，我可是沿路都在微笑打招呼，雖然一直都很討厭微笑打招呼，但是被關上兩個多禮拜的禁閉後，對每個人微笑打招呼都變得沒那麼討厭了。

走在聖殿的走廊，我一邊帶著微笑走路，一邊問：「我想知道渾沌神殿的事。」

白雲偏了偏頭後用平板的聲音開始說：「大約一千多年前，相較於光明神殿的仁慈爲先和戰神殿的武力至上，民間開始出現『渾沌』一詞，注重的是隨心之所欲……」

「我不想知道發展史！」我有點無奈地打斷：「等你說完，我太陽騎士的任期都做完了吧，只要說明渾沌神殿的代言人、渾沌祭司和沉默之鷹三者之間的關係。」

白雲歪著頭雙眼渙散，看起來像在放空，但實際應該是在搜尋他的腦內圖書館，我耐心等待一陣子後，他再次開口說：「渾沌神殿的代言人是『魔王』，沉默之鷹和渾沌祭司都是服侍魔王之人，其中沉默之鷹是所有闇騎士的領導者，渾沌祭司則人數稀少，一般大約在三十人左右，但每一個的實力都非常強大。」

資訊量不多，說完這段後，白雲有些不知所措地看向我，似乎也覺得自己說的太少了。

白雲說的這段話差不多等同我之前對渾沌神殿的認知，除了這些最基本的資訊，我對渾沌神殿也沒有更多認識。

我開口問：「多告訴我一些有關代言人的事情，譬如他們是如何選出魔王？」

白雲又發呆了一下後搖頭說：「沒有眞正可靠的記載，只有傳聞。」

「沒關係，說說看！」我十分堅持。沒人比我更清楚有些傳聞比記載還眞實！

「據說是渾沌神親自選擇魔王。」

這怎麼可能！我有點無言。

大約是看到我的臉色，白雲點了點頭，似乎很是贊同，但他又補充說：「或許傳聞的意思不是渾沌神親自選擇，而是透過神留下的神器，就像你的太陽神劍，民間也有傳言太陽騎士是光明神透過太陽神劍來選擇的。」

太陽騎士當然不是光明神或者神透過太陽神劍選人，而是由上一任的太陽騎士親自挑選，我從其他人那裡聽說不少當年選拔的過程，老師們選得那叫一個隨心所欲，各種古怪的挑人理由都有。

不過，我的確曾經聽過這種傳言，什麼只要是真的太陽騎士就可以把插在石頭中的太陽神劍拔出來，冒牌貨便拔不起來，或者是太陽騎士一摸到太陽神劍，神劍就會發光甚至劍中之靈還會講話，這種神話故事一直都是吟遊詩人最愛吟唱的橋段。

事實上，只要是聖騎士甚至是光明神祭司，人人都可以讓太陽神劍發光，只要把聖光圍繞在劍上就好了。

太陽神劍若被插到石頭裡，在十二聖騎士中，最有可能拔不出劍的人應該就是我……

好吧！有時候傳聞也是很不可信的。

但這麼說起來，所謂的渾沌神親自選擇，說不定其實也是從某個神器演變而來的傳聞。

我連忙把這個想法跟白雲說了，帶著期望問：「闇騎士他該不會也有一把渾沌神劍之類的東西吧？」

白雲回應：「書上沒有寫。」

「渾沌祭司有可能是小女孩嗎？」我繼續嘗試著問。

「書上沒有寫。」

「魔王和沉默之鷹的關係好嗎？」

「書上沒有寫。」

「……請問有什麼是書上沒有寫，但是你知道的事情嗎？」

白雲毫不遲疑地用平板沒有起伏的語氣開始回答：「人要吃飯睡覺上廁所，我是白雲騎士，你是太陽騎士，所有聖騎士都要聽你的話，不能惹你和審判騎士長……」

「十分感謝你的回答，但麻煩你閉嘴！」

白雲非常乖巧地閉上嘴巴。

看來，從白雲這裡也得不到太多有用的資訊，果然還是只能去找粉紅嗎？本來在弄清一些事情之前，我是不想先去找她的。

但如果要找粉紅才能弄清眞相，我也不會逃避，因爲事情一定要做個解決，否則我根本沒有辦法放心，失憶且傷害聖騎士這種事情絕對不能再發生！

我轉過身去對白雲說：「白雲，你最近就跟著我去辦事。」

既然審判不讓我獨自調查，得找人陪著免得出意外，那當然要選最乖巧最聽話的那一個！

綠葉也是不錯的人選，找他跟著我，我還可以在吃飯時間借他的調味料來用，不過因爲我騙他的事情被揭穿了，最近他看我的眼神總是特別哀怨，看得我渾身不對勁，覺得自己好像始亂終棄的負心漢，所以最近還是別找他得好！

白雲呆呆地說：「教皇要我待在圖書館。」

死教皇老頭！他底下有一堆祭司不去用，卻總是在跟我搶聖騎士！

我立刻問：「那你是聽教皇的話，還是我的話呢？嗯？白雲騎士長？」

白雲思考了一下，說：「你的話。書上說，十二聖騎士要聽太陽騎士的話。」

……原來你從小這麼聽我話的原因是因爲書上有寫嗎？那我是不是該把那本書拿去給十二聖騎士看一看？不，不只是十二聖騎，連教皇也該看一下！

「太陽！」

我不用轉頭就看見，暴風正小跑步過來，他一跑過來就簡單明瞭地報告：「教皇在找你。」

我左右看了一看，周圍沒有離我們很近的聖騎士，便直接壓低聲音簡短地問：「怎麼了嗎？」

「沉默之鷹到了，還直接過來我們神殿指名要找你。」說完，暴風補充說明：「教皇和審判看著不太高興，渾沌神殿太偏黑暗屬性，不受忘響國的歡迎，不知道爲什麼一來就指定要見你。」

沉默之鷹，那個被我取名叫等陽的傢伙，來得正好，我說不定可以從他嘴裡套出一點有關粉紅和紅詩的事情。

但他居然會在這麼巧合的時間點到來，難道他知道我到過基辛格嗎？這很有可能，畢竟我鬧出的動靜不小。

不管如何，先去會會他再說！

不死巫妖第二惡行

「派小嘍囉擾亂安寧」

帶著白雲和暴風，我一路快走到教皇的書房外，優雅而有節奏感地敲了敲門，大門立刻被打開，開門的人竟然還是審判。

有外人在，審判擺著一張冷臉，我則是露出禮貌性的微笑，打了聲招呼「願光明永遠燦爛於你，審判長」就走進書房中。

書房裡，不只教皇、審判騎士，甚至還有大地騎士長也在，這讓我鬆了一口氣，雖然單獨見面應該比較好問話，不過在沉默之鷹來意不明的狀況下，還是人多比較安全，尤其有大地的守護盾在，那更是百分之百毫無危險性。

除了我方人士，還有一個人明顯不屬於光明神殿，他原本背對著門口，一聽見動靜就轉過身來，但即使不轉過來，光憑那身濃重的黑暗屬性，我大老遠就能認出他是等陽，渾沌神殿的沉默之鷹。

等陽現在的穿著應該是沉默之鷹的正統服裝，一身皮革和金屬材質的混合式盔甲，只在胸前等要處有厚重鎧甲，幾乎及地的長披風，護胸鎧和披風上皆有老鷹的徽飾。

我特別關注他的佩劍，但感覺不出那把劍有什麼特別的地方，那把劍的黑暗屬性甚至比不上羅蘭的家傳魔劍，就是金屬的密度還算不錯，應該是把好劍，但也僅僅如此，完全沒有特殊點，有些配不上渾沌神殿之首的地位。

「這傢伙帥到簡直沒天理！」大地走到我身旁，忿忿不平地低聲說。

暴風也恍然大悟似地低聲說：「難怪渾沌神殿最近聲勢這麼強！沒瞎的女人只要看到他就會加入渾沌神殿了吧！就算是男的也會憧憬自己能變這麼帥！」

之前見到等陽就知道他簡直犯規等級的帥，那時他還正在逃亡，衣著簡單、儀容不整，現在這麼正式的場合，他鐵定是整理乾淨再穿上華貴服飾，肯定帥到突破天際！

幸好我瞎了，不然可能待會就忍不住叫羅蘭趁著月黑風高去幹掉等陽，雖然幹掉他會讓全天下的男人大呼痛快，不過我就沒辦法找他打聽粉紅和紅詩的事情了。

我走過大地和暴風的身旁，低聲丟下一句：「他結婚了。」

喔！兩人都露出鬆了一口氣的表情。

「許久不見。」等陽對我露出微笑，非常恭敬地說：「我回到基辛格後忙於婚禮及神殿中的一些事務，所以遲遲沒有來跟您打聲招呼，深感抱歉，希望您會原諒我的無禮。」

聽見等陽那尊敬的語氣和崇敬的表情，又感覺到其他人正用大感懷疑的眼神看過來，我整個頭皮發麻，感覺完蛋……

就算想懷疑等陽是故意用這種恭敬態度好讓其他人懷疑我和渾沌神殿有勾結，不過根據他之前跟公主私奔的愚蠢行爲，再加上平穩有力的心跳節奏，我想他應該沒有那個意思，難道眞的只是單純崇敬我？

爲什麼我總是認識一堆神經很大條的傢伙？

羅蘭的一句「再見」差點害我冤死，現在等陽又是這麼一副崇敬模樣……

沉默之鷹，你到底知道不知道我們是兩座不友好神殿各自的龍頭人物呀？你崇敬我根本就是一種叛徒的行爲！你自己要當叛徒就去當，別害我也被當作叛徒啊！

爲了打消其他人懷疑的眼神，我連忙談起正事，習慣性用「光明神」開始起頭，但「光明」到一半，突然想起這傢伙早就看過我很不光明的樣子了，根本沒必要在他面前假裝光明。

那些光明來光明去的話鐵定會讓等陽一臉迷惑，暴風還要翻譯一遍給他聽，眞是很麻煩的事情。

反正書房裡沒人不知道我的眞面目，乾脆直截了當地問：「你是爲了獨角獸的事情來找我嗎？」

等陽一愣，露出疑惑的表情，明顯完全聽不懂。

「獨角獸是指什麼事情，抱歉，我不太明白？」

原來和獨角獸沒有關係嗎？但小白最後是被紅詩帶走的，這樣的話，是不是表示紅詩和渾沌神殿沒有關係呢？

倒也不見得。我這個聖殿之首平素做的事情，審判和教皇不知道的可多了，而審判和教皇做過什麼事，恐怕我也不是全都知情，由此推斷，就算紅詩是渾沌神殿的人，等陽大概也不見得會知道她做了什麼。

「沒什麼，當作我沒說過！」

等陽看著我，在我以為他會追問的時候，他就微笑點頭說「好的」，當真不再問下去。

我開始覺得毛骨悚然，這傢伙這麼聽話是想幹嘛？

「對了，愛麗絲有一封信要轉交給您。」他從懷中掏出一封信來，說：「她說一定要交到您手上，讓您知道她對您的感激。」

等陽遞信給我的時候，我還眞是不敢接，愛麗絲公主絕對不會像她丈夫這樣崇敬我。

我用兩根手指把信捏過來後立刻遞給白雲，這才向等陽寒暄道：「一路從基辛格趕過來，你應該很累了吧？不如我讓人給你安排住處，你先休息一下，過兩天，太陽再去找你聊聊光明神的慈愛。」

等陽點了點頭，十分有禮地說：「我等候您的到來。」

說完，他轉過身去，對審判和教皇都只是幾不可見地輕點頭當作禮節性道別，頭也不回地離開書房。

我立刻吩咐書房旁的守衛帶人去客房，最大最豪華的那間——也是教皇唯一肯維持的一間豪華客房，畢竟光明神殿的臉面還是要有一點的，也只有一點，要是身分尊貴的客人太多，不好意思，請走出神殿外面右轉去王宮住。

「這麼聽你的話？剛剛他對教皇和審判騎士長的態度可是一張臭臉，多說一句話好像會死！」

沉默之鷹一走，書房門剛關上，大地立刻拋棄老實的臉孔，面露古怪神色，一臉狐疑地看著我：「難不成他是愛上你了嗎？」

我面無表情地說：「如果是那樣，我馬上告訴他老婆讓她去殺夫！白雲，把你手上的那封信唸出來。」

白雲拆開信，用平平的語調唸出威脅的字句：「敢欺負等陽的話，就算會全身發黑，老娘也跟你拚了！」

我就知道這封信和感激絕對沒有關聯，不過白雲看起來似乎沒什麼異狀，幸好愛麗絲總算還是位公主殿下，沒卑鄙到在信件上動手腳。

披著薄紗的教皇故意壓低嗓音說：「太陽騎士，難道你和沉默之鷹是熟識嗎？」

聞言，審判淡淡地看了我一眼，但大地和暴風可就不是那麼回事了，他們兩個都用非常不贊同的表情看著我。

「太陽願對光明神起誓。」我有點無奈地解釋：「我只是在上次出使月蘭國時打敗過沉默之鷹，還幫他取了『等陽』這個名字而已。」

說完卻感覺越描越黑，我居然給渾沌神殿之首取了名……誰知道他到二十多歲還沒名字啊！

「等陽？」審判用詢問——或者該說是逼問的語氣問道。

我老實地交代：「當時動手殺綠葉的人是他，我說過要他等我，我遲早會讓他付出代價。」

雖然照目前的情況看起來，還真有點讓人難以下手，我總不能對一個口口聲聲「您」的人下手吧？至少不能光明正大這麼幹！等等，該不會這就是他尊敬我的原因？為了不讓我報復他？

審判淡淡地說：「他身為渾沌神殿的闇騎士之首，特地前來的目的應該不是跟你寒暄？」

「我也是這麼想。」我點頭同意後，補充說：「別擔心，我會問出他來的主要目的。」

審判點了點頭後提醒：「但小心，以他的走路姿態看來是個劍術高手，我看除了白雲以外，讓大地也跟著你吧！」

雖然我很愛大地守護盾，不過我更討厭大地騎士，讓他二十四小時跟著我，還不如讓等陽一劍殺了我吧！

雖然我和大地都露出萬般不情願的表情，不過審判仍是一口咬定：「就這麼說定了，大地你這段時間跟好太陽。那麼，我還有好些犯人要審問，先走一步。」

審判禮貌性地和教皇打過招呼後，直接走出書房，等到再也看不見他的身影後，我立刻說：「我也要去忙了，再見！大地你也去忙你的吧！」

「審判讓我跟著你。」大地冷冷地說：「如果是你的命令也就算了，審判下令可不能不聽。」

喂喂！你說的這是什麼話呀？你身爲溫暖好人派的大地騎士，直屬上司是我不是審判！你那麼聽他的話做什麼？

我有些氣惱，但看大地眞的不走，只好不得不說實話：「我要去找沉默之鷹，你們在的話，我不好問話，你和白雲先離開一下，我去跟他聊幾句就回來。」

咳！

白雲仍舊默默地站在我身後，雖然沒說話，但也沒走開，大地更是直截了當地說：「你去跟審判說啊！他同意的話，我就走！」

「……那就算了。」

看來是不能去找等陽了。我想了一想，那不如去找粉紅，她那邊情況不明，我本來就不打算單獨去見她，等等又來個二次失憶加失蹤，那就眞的太蠢了，乾脆就帶著大地和白雲去吧。

咳咳！

我仔細吩咐兩人：「想跟著我就要答應不管看見什麼或者聽到什麼，都不准開口說話或出手攻擊，等待我的命令就是。」

白雲乖巧點頭，大地只是聳了聳肩一副隨便的樣子，雖然平常我們兩人有點不對盤，但關鍵時刻，就算是大地都不會抗命，這點我還是有信心的。

「咳、咳、咳！」

我轉過身去，面對書房中唯一一張原木大書桌，戴上最燦爛的太陽式微笑，用憂愁的口吻說：「親愛的教皇陛下，太陽見您屢咳不止，不禁心中憂慮，敢問是否貴體微恙呢？眞是如此，可需要太陽施展光明神的恩惠？」

「閉嘴，滾出我的書房！」

教皇冷冷下令，雖然語氣很冷，但他其實是一臉沒好氣的表情，正對我翻著白眼呢！

雖然他罩著薄紗，但那根本不能遮掩我的「視線」，我甚至能從教皇無聲蠕動的嘴看出他正在說：「別讓那個帥得沒天理的沉默之鷹到處亂跑，勾引我們的信徒叛變！」

這點倒是我沒想到的，不過還真的是個大問題！我輕點了點頭答應。

教皇繼續蠕動嘴巴說：「倒是你現在白得發光，趕快到處勾引人來當信徒！」

我非常爽快地點頭，欣然接受這個任務，如果對方的身材好，除了當信徒，還可以順便當我老婆的話，那就更再好不過啦！

♣♣♣

離開教皇的書房之後，想到這麼多事情要處理，我立刻加快腳步。

後方傳來大地涼涼的話：「就這麼迫不及待要亂跑出去嗎？」

「是出去調查！」我非常強調地說。

走回聖殿後，走廊有不少聖騎士來來往往，大地換上結結巴巴的說話法：「太、太陽，這、這邊不是大門的方向，你、你是不是走錯了呀？」

這結巴結得眞是敷衍啊，我也敷衍式回應：「大地兄弟，雖然此方不合你意，但請相信無論前往何方，光明無所不在，神之子民只要以光明之法來處事，無論去往何處都將所向披靡……」

爲了報復他說我在亂跑，我一邊說一邊走回自己的房間拿出三套灰色斗篷，整個期間，嘴巴都沒有停止讚美光明神，當我把斗篷遞給大地的時候，他臉色又青又白，像是和一百隻不死生物狠狠打了一架。

我滿足地閉嘴，大地抽了抽嘴角，但他不敢再開口說半句嘲諷，生怕惹來另一段讚美光明神。

「這不就是披風嗎？」大地把斗篷翻來覆去，抱怨：「還這麼醜！顏色像是在地上滾過幾圈，神殿公家發的都比這件好看多了。」

「錯！」我認眞地說：「這不是披風，是斗篷！」

大地不以爲然地說：「這有什麼差別！」

白雲用平板的語氣解釋：「披風指的是沒有袖子，可以披在肩上的外衣，斗篷還多了帽子部分，可遮陽避寒，是冒險者必備的衣物。」

「你也錯了，白雲。」我微微一笑，理所當然地說：「披風是用來耍帥的，斗篷是用來偷……」雞摸狗！糟糕，差點眞的說出口。

「偷？」大地用非常懷疑的眼神看著我，表情猙獰得和老實兩個字有兩張臉的差別那麼大！

「偷、偷偷隱藏眞面目用的！」

我硬是轉了個話，然後連忙扯開話題，解釋：「如果不遮臉，我們一走上街道就會被民眾認出來，那除了傳教以外，什麼事情都不能做了。」

話一說完，我卻看見大地露出完全不相信的表情，或許根本不須要硬轉，反正大地根本不會相信我只是要隱藏眞面目；至於白雲嘛，就算我「偷偷」兩字後面接著的詞是「去殺人」，他恐怕都會乖乖跟在後頭當幫凶。

「披上斗篷，走吧！」懶得解釋了。

大地一臉想要回嘴的表情，不過大概是想起剛才滿路的讚美光明神，所以又閉上嘴，加入白雲的默默行列跟我走出聖殿，我們三人找個陰暗巷弄披上斗篷就往粉紅的新住處出發。

沿路，大地不知道踩到多少次斗篷的衣角，踉蹌好幾次，我仍舊是一派優雅地走，偶爾還停下來翻翻路邊的糖果攤，順便等差點又摔倒的大地。

「什麼爛斗篷！帽子一直遮住我的視線！」大地氣急敗壞地趕上來，拉住我就吼：「太陽你這麼習慣穿斗篷，平常到底做了多少偷偷摸摸的事情？」

聽到偷偷摸摸這個字，我停下了腳步，問：「你看見白雲了嗎？」

大地一愣，左張右望後說：「沒有，他跑哪去了？」

「我在……」一個氣虛到不行的聲音響起，但仍舊沒看見人。

穿著斗篷走在人群中，目標應該很明顯才對，爲什麼還能飄得讓人看不見——等等！我根本就不是眞的用眼睛在看東西，而是使用感知，但爲什麼還是沒看見白雲？連感知都不能找到人，白雲你飄的功力會不會太強了啊！

大地皺起眉頭，說：「白雲，你的聲音聽起來很虛，沒事吧？」

「好亮……」聲音聽起來更小聲了，彷彿多曬五秒鐘的陽光讓白雲更虛弱了。

「都穿著斗篷了，怎麼會亮？」大地不以爲然地說：「你眞該多曬點太陽，你白得跟幽靈一樣！」

「對了。」我突然想起來，好奇地問：「現在的我和白雲比起來，誰比較白？」

「白目和白痴，你說誰比較白？」大地冷冷地說。

「……你不是刃金騎士眞是太浪費人才了！」

大地哼了一聲，不屑地說：「刃金那小子連罵人都不會！」

「我也是這麼覺得——」我突然閉上嘴停下腳步，厲聲道：「大地，守護盾預備。」

大地立刻聚集大量聖光，緊接著，白雲突然出現在我倆身旁，手中早已舉著刀。準備好隨時可以發出大地守護盾後，大地才好整以暇地問：「怎麼了？」

我低聲說：「左邊那個穿斗篷的傢伙有問題！」

「穿斗篷不見得有問題吧？」大地低聲說：「他只是一個穿斗篷的，我們可是三個！」

「他不是活人。」我簡單解釋。

大地愣了一下，這才認真端詳對方，納悶地說：「真是不死生物？他走路挺穩的，不太像呀！」

我同意大地的話，雖然不死生物都會做防腐處理，不過時間久了，身上的東西多少還是會有點腐爛，走起路來不會像活人那麼平順，但眼前這不死生物走起路來卻和常人沒兩樣。

雖然如此，我還是很肯定那傢伙是不死生物，還是高等不死生物才能擺脫逐漸腐爛的下場，好久沒看到這種類型的不死生物了——不！其實我每天都會看見。

應該說我好久沒有被這種東西攻擊過了，雖然說好久，其實算算大約才過一年，但在我遇見羅蘭之前，從來就沒有遇過「死亡騎士」這種東西。

「他是一隻死亡騎士。」

行人。

「……魔獄？」大地把聲音壓得非常低。

「不是他。」我吩咐大地：「以防萬一還是先驅開民眾，免得被戰鬥波及。」

大地「嗯」了一聲後開始大吼：「所有人退開！有不死生物出現！」

民眾全都轉過頭看他，卻沒有照著大地的話去做，紛紛用懷疑的眼神看著我們一行人。

我朝兩人使個眼色，我們三個人一齊把斗篷掀開。

民眾接連驚呼：「是十二聖騎士！」

「是太陽騎士，好久沒在街上看見太陽騎士！」

「那就不用怕啦！不死生物遇上太陽騎士也要死啦！」

「太陽騎士，加油！」

聽到民眾的話，明顯是要圍觀不肯走了，見此狀況我輕皺了一下眉頭，但看了下旁邊高大的身影後又不是太擔心，有大地、白雲和我在這裡，不會給死亡騎士誤傷民眾的機會。

大地用誠懇的語氣說：「請、請大家再、再退開一些，這裡很、很危險！」

民眾乖乖地後退，清出一大塊空地給我們，大地卻還是不斷請他們再後退一點。

我猜想他大概是懶得裝結巴，乾脆叫人家退到聽不見說話聲的地方去。

大地走回我和白雲旁邊，冷冷地說：「民眾退得夠遠了，你不用說一堆光明神東光明神西的廢話，我可不想戰鬥的時候還要解讀你的命令到底是什麼意思，給我簡單扼要的命令！」

原來不是不想裝結巴，是不想聽我說話。我聳了聳肩，簡單扼要地說：「了解。」

這整段過程中，那名穿著灰色斗篷的死亡騎士似乎一點逃跑的意思都沒用，原本我還準備在大地驅趕民眾的時候用聖光圍繞死亡騎士，甚至出動白雲來阻止他逃跑，但那隻死亡騎士居然就這麼動也不動地站在原地。

這實在很奇怪，一般來說，高等不死生物應該可以判斷出我們三個都充滿聖光，他應該要選擇逃跑才對，難不成他真強得不須要逃跑？

我打量這隻死亡騎士，他穿著相當普通的服裝，那種服裝是許多戰鬥系冒險者會穿的款式，尋常衣物店就可以買到，腰間掛著的劍看起來也不是什麼名劍，沒辦法從外表判斷這隻死亡騎士的來歷，但看著實在不顯眼，不像是有多強大。

但短短一年內出現兩隻死亡騎士，不管怎樣都太過異常，所以絕對不能放這隻死亡騎士走。

我皺著眉頭說：「白雲，上！」

「還真夠簡單扼要。」大地咕噥：「平常也這麼說話不就得了嗎？」

聞言，白雲立刻抽出刀來，我順勢把大量聖光灌注到他的刀上，保證那隻死亡騎士不用等被砍，光是看見這把刀就會嚇得尖叫——

「好亮！」

白雲尖叫一聲，還露出驚恐的表情，差點連刀都摔出去。

「……」

喂喂！白雲，你是不死生物嗎？討厭光討厭到這種地步也太誇張了吧！虧你還是充滿聖光的十二聖騎士，甚至不是審判那邊比較不善聖光的人！

「小心！」

大地突然衝上前來擋在我倆面前，他的右手爆出一團聖光，逼退那隻猛然逼近的死亡騎士後，聖光更進一步變成盾牌形狀，牢牢地擋在我和白雲前方。

死亡騎士被大地的聖光逼退，他不斷發出痛苦的叫吼，原本披在身上的斗篷掉下來，讓站得遠遠的民眾倒吸了一口氣，紛紛遮眼捂鼻露出厭惡的表情。

大地低聲咕噥：「這死亡騎士爛的地方也太多，比魔獄難看多了。」

我低喝一聲：「白雲，把刀握好！不准嫌亮！」

白雲點了點頭，乖巧地握緊武器。

「你上前試試那隻死亡騎士的實力。」吩咐完白雲，我又轉頭對大地說：「大

地，你多留意一點，別讓白雲受傷。」

「知道了。」

聽到大地的回答，加上白雲本身的特殊能力，我終於可以放心地旁觀戰鬥。

十二聖騎士中，速度第一是暴風，劍術第一是羅蘭，戰鬥能力綜合第一是審判，但戰鬥方式詭譎難測的第一絕對是白雲。

跟白雲打鬥好似在跟幽靈打架，他會從哪裡冒出來都不奇怪！

以上說詞來自和白雲對打五個小時，把聖殿來來回回翻五次，還是不知道要朝哪揮劍才打得到對手的烈火騎士長。

現在的情況也差不多如此，死亡騎士根本找不到白雲，他直接放棄尋找，直直地朝我和大地衝過來，但這時，白雲卻從他背後冒出，開始猛烈攻擊，刀速快得驚人，在死亡騎士身上連斬數刀，若不是我下的命令是試試對方的實力，說不定他都能試試讓對方逝世。

當死亡騎士回頭攻擊他的時候，白雲又消失不見。

大地搖著頭說：「真是一場鬼打鬼的戰鬥！」

真的很像！我是不是該用聖光把這兩個傢伙一起轟下去，看看白雲是不是真的是幽靈，反正就算他是幽靈也沒關係，魔獄騎士都是死亡騎士了，而且還是進階版的死亡領主，十二聖騎士再多個幽靈成員好像不是什麼大不了的事。

大地好整以暇地問：「太陽，你打算要怎麼做？」

說的同時，他帶著詢問的表情做了個切脖子的手勢。

「不。」我毫不遲疑地下令：「活捉他。」

一隻死亡騎士往往代表著一件莫大的冤屈。對於造就這名死亡騎士的原因，審判鐵定會很有興趣知道。

白雲從頭到尾都壓制著死亡騎士，看著不怎麼吃力，我才敢下活捉命令，同時還有點疑惑，轉頭問大地：「這隻死亡騎士好像比羅蘭弱很多？」

當然，我指的是死亡騎士時期的羅蘭。

「廢話！」大地白了我一眼，沒好氣地解釋：「你到底知不知道魔獄的劍術有多好？審判說過如果完全不用聖光輔助，他都不敢說自己能和魔獄打個平手！」

我也曾聽審判說過類似的話，光憑劍術，羅蘭比他強，但作爲從小看審判發威到大的人，我還是不敢相信羅蘭有那麼強。

「這隻死亡騎士要是像魔獄那麼強，要活捉他就得回頭找其他人幫忙了。」

說到這，大地突然停頓了一下，改口說：「不對，他怎麼說也是死的，根本不可能活捉嘛！哈哈哈！」

「……你的笑話比寒冰的冰錐還冷。」

「眞是對不起啊！」大地冷冷地回：「比起你這種太陽騎士，我的笑話是一點也不好笑。」

幹！

再說一次，大地你沒去當刃金騎士根本就是暴殄天物，你的話比刃金毒了起碼一百倍！

「太陽！」

白雲大聲叫喚提醒，因爲死亡騎士突然不管他的攻擊，堅決地衝向我和大地，但這也沒什麼好奇怪的，雖然不死生物通常最怕我，但當它們走投無路的時候，最喜歡發動同歸於盡攻擊的對象也是我。

因爲太陽騎士身上總是充滿不死生物最厭惡的聖光，所以當它們快要灰飛煙滅的時候，總要挑個最討厭的人一起下地獄。

哼哼！如果這隻死亡騎士有魔獄那麼強的劍術也就算了，又或者他有暴風那麼快的速度也行，不過他通通都沒有，就憑這種實力，我光用聖光就足夠淹死他！

雖然剛跟大地吵嘴，但當死亡騎士衝過來時，我的面前仍舊出現大地守護盾，讓我感覺更加心安了，有守護盾在，就算站著不動都不會有事。

在我準備轟出聖光之際，那隻死亡騎士卻極爲快速地瞬間拐了個彎，我和大地根本來不及反應，我轟出的聖光落了空，死亡騎士的劍卻朝大地劈下去，而大地的面前根本沒有守護盾，那把劍直直地朝他的肩膀劈下去……

我突然閃過夢境中烈火被羅蘭一劍從肩膀砍到心口的畫面。

「大地！」

鏗！

大地抽出劍擋住死亡騎士的攻擊，卻還是晚了一步，他的肩膀流下鮮血。

居然、居然敢在我面前傷害我的聖騎士！

我猛然爆出大量聖光把死亡騎士轟飛，同時還朝大地丟去好幾個治癒術。

這時，白雲衝上來揮出迅猛的一刀，直接將死亡騎士從腰部斬成兩半，這種傷勢還是殺不死死亡騎士這種鬼東西，死亡騎士伸出雙手，以手代腳照樣行動，就是下半身的雙腳也還在抽動。

我一邊走過去，一邊在左右手各聚集出一大團聖光，朝著死亡騎士的上半部和下半部各轟去一發，他連尖叫都來不及發出就直接化成兩團灰燼。

大地小跑步到我身旁，目瞪口呆地看著那堆飛灰，問：「你不是要活捉他嗎？」

我瞄了他一眼，問：「傷口沒事了？」

大地看了看自己的肩膀，聳聳肩說：「連道疤都沒有。」

「喔，我不小心失手而已。」我也聳聳肩回答：「既然轟死了也沒辦法。」

大地瞄了左右一眼，低聲說：「民眾圍上來了，要脫身可有點麻煩。」

聞言，我立刻把感知放遠一些，果然如此，民眾一看見死亡騎士變成飛灰，個個臉上帶著興奮的表情衝過來，我們要脫身可眞不太容易。

想想現在的時間似乎有點晚，等找到粉紅說不定都入夜了，在晚上找死靈法師問話，這可不是件聰明的事情。

「先回去吧！」我只好對大地和白雲這麼說：「明天再來。」

大地沒好氣地回：「你是出來散步的嗎？明天要不要挑吃完午飯的時候來個飯後散步？」

「晚上好，比較暗。」白雲小小聲地說。

這個毒舌加幽靈的組合似乎至少得跟我到查清眞相爲止，我突然覺得感冒加上寒冰不做甜點給我吃，其實也沒那麼糟糕……

不死巫妖第三惡行

「毀壞他人身家財產」

回到聖殿後，我迫不及待跟幽靈與毒舌道別。

「你不會偷偷溜出聖殿吧？」大地十足懷疑地打量著我，說：「審判讓我盯緊你。」

「我要回房了！」我沒好氣地說：「你們要是不放心就乾脆跟進來啊！」

大地立刻拉住白雲，警戒地看著我說：「不了，白雲你也別去，這傢伙才剛撕掉寒冰的衣服，我們這一去不是羊入虎口嗎？」

「……」

你這也算綿羊？那世界上就沒有老虎了！我咬牙切齒地一字一字說：「我說過，我對男人一點興趣也沒有！」

大地一臉「誰信你」，然後拉著白雲飛也似地離開。

居然拿白雲當擋箭牌！如果不是白雲擋住了，我肯定要給大地那傢伙一發冰錐，根據「太陽騎士不會魔法」，所以這發冰錐一定是寒冰騎士長發出來的，反正也沒人敢找冷冰冰的寒冰騎士長求證。

我氣沖沖地轉過身去，肚子卻在此刻叫了一聲，現在大概是吃晚飯的時間，難怪聖殿走廊上沒什麼人，先去填飽肚子再說。

但才走兩步路，我突然感覺到一個充滿濃烈黑暗屬性的東西，位置就在走廊轉個彎過去的地方而已。

但聖殿中怎麼會有黑暗屬性的東西？呃，不算之前過來的沉默之鷹，還不能算上一直在聖殿的羅蘭，我現在對他的屬性非常熟悉，不可能認不出人。

那形狀不像是人，像是一匹動物，這個大小應該不是狗……馬？但聖殿的走廊上怎麼會有馬？

等等！黑暗屬性？馬？

「小白？」我脫口而出。

這一喊，牠就快速跑開，果然是小白這傢伙吧！

我左右看看，現在是吃飯時間，聖殿走廊上沒有什麼人，這才不優雅地小跑步追上去，我輕聲喊「小白」，牠卻根本不停下來，但我也不敢大聲叫喊，如果被其他人聽見就難以解釋了。

牠就這麼一路跑進聖殿的花園，還躲進草叢樹木之間。

我一邊喊牠，一邊把感知距離放遠，發現花園中沒有半個人後，這才放聲大喊：

「小白，別躲了，是我。」

我走到樹叢前，手上發出聖光，想要引誘那匹貪吃的馬。

「小白，想不想吃一點聖光啊？」

撥開樹叢，裡面卻什麼也沒有，更別提小白這麼大一匹馬了，我只好把感知再度加強放遠，但還是沒有發現任何東西，但剛剛明明就有一匹馬！

這是我的感知出了錯？還是誰在搞鬼？

「太陽？」

我沒有轉身，反正已經知道出聲的人是羅蘭，轉身實在沒有必要，乾脆直接開口問：「找我有事？」

聞言，羅蘭沒有回答，反而突然幾個箭步衝上來，還用力扳過我的肩膀，著急地問：「格里西亞你沒事吧？」

「嗯？我只是在看花。」我有點莫名其妙，羅蘭突然著急什麼？

「……看花？」

羅蘭的表情非常古怪，他開口提醒：「太陽，你看不見。」

該死！我忘了。

「我、我在聞花！」我胡亂解釋：「懷念一下花的樣子之類你懂的……」

羅蘭突然僵住了，他的表情實在很難形容，但大約來說，就是突然變得很溫柔……一個始終遵守硬邦邦騎士道的傢伙突然露出溫柔的表情，真讓我的雞皮疙瘩都掉了滿滿一地！

界。」

「它看起來像什麼?」羅蘭突然問了一句。

「什麼?」我愣了下，什麼東西看起來像什麼?

「你眼裡的世界。」羅蘭說完又笑著搖了搖頭，改口:「應該說是你腦中的世界。」

「對於不會感知的人來說，這眞的很難形容……」

我左張右望想找個東西來做比喻，低頭看見泥土地後，靈光一閃脫口而出:「對了，屬性就像各種大小形狀不一的沙子，在我眼裡，所有東西都由沙子堆積起來，就像孩子們玩沙堆出來的沙堡。」

聽到我說的話，羅蘭皺緊眉頭，許久後，才擠出話來:「沙子堆出來的世界嗎?這聽起來很糟糕，不過卻剛好與我相反。」

「相反?」我有點不解。

羅蘭淡淡地說:「所有人看起來都生氣勃勃、充滿色彩，只有我自己才是沙子堆起來的東西。」

「不會啊!你很好看!」我脫口而出，看見他露出疑惑的表情，連忙解釋:「因爲我分辨不出美醜，屬性越純淨的東西在我看來就越漂亮，你的黑暗屬性很高，所以很好看。」

羅蘭笑著搖頭道：「你這話如果被大地聽到，他又要到處嚷嚷你的『特殊癖好』了。」

「又要？那王八蛋已經到處嚷嚷了嗎！」

羅蘭肯定地點頭，我氣炸了，低吼：「大地那混蛋，我的女人緣夠差了，不用他再來搗亂！」

「女人緣嗎？」羅蘭苦笑著說：「如果你要就通通送給你好了。」

「……有幾個女人在追你？」

他舉起手開始數，又舉起另一隻手繼續數，數數數……

光明神呀！神殿的厭惡不死生物教育眞是失敗，這年頭，女人都要死男人不要活男人了！

「開玩笑的。」羅蘭停下數數的動作，笑道：「只有五個而已。」

「只」有五個，我連一個都沒有！

沒天理，爲什麼羅蘭蒙著臉都有五個女人在倒追他，我長這麼帥，地位這麼高，爲人這麼優雅，還白得發光，卻半個也沒有！

「有女人倒追還不好？」我憤憤地說：「我想要都沒有！」

「你忘記我是什麼了嗎？」羅蘭有點無奈地提醒。

對了，羅蘭是死亡騎士，有女人倒追他恐怕還眞不是件好事，因爲就算他對人家也有那個意思，也還是不能把人家「怎麼樣」，他已經死了，吃喝拉撒睡一件都不需要，自然也無法對女人產生什麼慾望。

就某方面來說，羅蘭和我還眞是滿同病相憐的，一個失去生命一個失去視力，他失去生命卻還在世界上走動，我失去視力，卻用別的方法來「看」世界。

「羅蘭，你還記得自己之前變成死亡騎士的事情嗎？」

聽見我的問題，羅蘭的表情有些愕然。

「我今天遇上另一個死亡騎士。」我感到這問題有點不對，連忙解釋：「感覺有點奇怪，死亡騎士並不是很常見的不死生物，所以我就想來隨便問問你而已，沒有別的意思。」

羅蘭這才點了點頭，說：「我醒來的時候只有看見粉紅，她下令要我去掃地洗衣服，但我那時腦子很混亂，整個人就像瘋子一樣，有很長一段時間不知道自己在做什麼，直到後來有一次，她要我去假裝攻擊你，我聽見你的名字，想起來你是太陽騎士，也許會告訴我該怎麼辦，所以就去了，接下來的事情你都知道了。」

聽起來和粉紅說的經過沒有多大差別，但我總覺得這件事情很古怪，還是說因爲現在我很懷疑她，所以什麼事情看起來都很可疑？

「如果你沒有別的要問，那我先走一步。」羅蘭舉起手上厚厚一疊紙，說：「我要拿改好的公文去給暴風，他叫我今天一定要給他。」

我點了點頭後羅蘭就轉身準備去找暴風，但我卻忍不住開口叫住他：「羅蘭。」

羅蘭停下腳步，轉頭看著我。

我遲疑了一下，才說：「答應我，不管如何都不要傷害十二聖騎士。」

羅蘭的身子突然僵住了，他直直地看著我，緩緩地說：「你不相信我？」

我搖頭說：「不，我絕對相信你。」

羅蘭這才放鬆下來，雖然還帶著不解神色，但他十分慎重地說：「我答應你，絕對不會傷害十二聖騎士。」

我點了點頭後，羅蘭就轉身離開，他離去的腳步依舊有點僵硬，看來剛剛的問題還是傷了他。

羅蘭，我真的相信你。

「我只是不相信我自己……」我喃喃。

♣♣♣

回到我專屬的房間後都晚了，看著桌上的公文堆，我決定——先來敷個面膜。

雖然現在白得發光，不過今天有出門曬到太陽，好好保養才能夠繼續發光，尤其現在還得要跟等陽這種英俊到沒天理的男人搶信徒，保養問題絕對不可輕忽！

「對了，說到等陽……」

我一邊配著面膜原料一邊想著該怎麼甩開大地和白雲，自己單獨去找等陽，但怎麼想都覺得如果被審判發現我甩開他們兩個獨自行動，他大概會關我一年禁閉吧！

可能是我這一年來做的事情都有那麼一點點過火，所以他也越來越嚴厲，現在甚至都學會騙我了！

燒開水的同時，我攪拌著面膜原料，還是沒想出該怎麼甩掉幽靈和毒舌卻不會被審判關一年禁閉。

走到櫃子前，我拿出最後一罐薰衣草精油，卻一個不注意，櫃子裡摔出一本小冊子。

我帶著疑惑把冊子從地上撿起來，看見封面後才認出這是紅詩給的那本小冊，上面記載著很多死靈法術，原本還以爲這是粉紅曾經給過我的那本，紅詩只是拿來還我而已，不過仔細翻看才發現紅詩給的這本更詳細，記載更多死靈法術，完全不是粉紅那本。

裡頭甚至有召喚死亡騎士之類的高深死靈法術。

我皺了下眉頭，翻找到召喚死亡騎士的那一頁，上頭記載儀式需要很多東西。

一具完好且有濃濃怨念的屍體；一顆暗屬性的寶石，用以取代死亡騎士的心臟；地點需要在黑暗屬性濃烈的地方，聚集大量黑暗屬性用來取代血液。

書上還畫著一幅非常複雜的魔法陣，更誇張是上頭居然寫著要用嬰兒臍帶粉末做成的粉筆來畫魔法陣，周圍還得點上用人的脂肪做的蠟燭十二根——什麼東西呀！

我皺緊眉頭，喃喃：「這麼麻煩的儀式？這裡還標記著召喚出來的死亡騎士大多有著自己的脾氣和風格，不見得會很聽話，須要加上多重束縛。難怪這世上的死亡騎士這麼少，如果我是死靈法師，才不會花力氣去召喚這種不聽話的傀儡。」

等一等！

這麼麻煩的步驟？記得粉紅她曾經說過……

叩叩——

我反射性將感知延伸過去，房門外的人是光祭司，教皇的左右手之一，最擅長的技能是封印和輔助神術，但即使如此，她的輔助神術說不定還沒有我強，我比較不擅長的是封印方面的神術，那需要太多知識，但我可不缺聖光。

我帶著恭敬的態度開門，雖然太陽騎士的地位比光祭司高了一階，論地位是她該對我恭敬，但這屆光祭司已經是六旬老者，對於長輩當然不能只論地位——教皇那老頭例外，反正他看起來只有十五歲，我當他是晚輩！

「晚安，光祭司，眞是美麗的夜晚，雖然光明此刻暫歇，但卻讓人更加期待明日升起的朝陽。」

「今天晚上的確很涼爽舒適，感謝光明神的祝福。太陽騎士長，您的項鍊已經封印好了。」

光祭司笑著回應的同時遞上一條項鍊，墜子是一顆碩大的寶石。

那是永恆的寧靜，但已經不再是之前隨便用繩子綁住的模樣，而是用金屬鑲嵌起來，金屬上還刻滿咒文，充斥滿滿的光屬性。

或許這條項鍊設計得很美，但在我眼中，永恆的寧靜本身才是最美的東西，其他裝飾根本就不重要。

當初，我不知道花多少口舌才從審判手中把它拿回來，如果不是搬出老師的名號，多半他仍舊不肯還我。

畢竟這顆寶石不知怎地能讓我變成另一個人，也許它眞的不該在我的手上，但它實在太美了！而且不趕快拿回來的話，審判說不定會把寶石拿去銷毀，之後老師來跟我要的時候，就變成我要被銷毀了。

光祭司好奇地詢問：「雖然我並不明白您爲什麼要封印這顆寶石，這顆寶石本身並不邪惡，反而有著鎮靜、驅魔和封印等等的效果。」

「驅魔和封印？」

爲什麼我覺得正好相反？它上次明明就讓我吸收一大堆黑暗屬性，變成一個毫無顧忌的恐怖人物。

「是的。」光祭司點了點頭，解釋：「正確來說，它是非常好的封印輔助品，可惜我不會使用水屬性，若將這顆寶石交到水屬性魔法師的手上，配合魔法陣，可以輕易抑制黑暗屬性，對於封印黑暗之地是非常有用的！」

光祭司看著我，似乎很期待我會把這顆寶石捐贈給光明神殿——開什麼玩笑！我還不想被老師銷毀！

我微笑著說：「十分遺憾，可惜太陽僅僅代爲保管，並非持有此物。」

「原來如此。」光祭司微微露出失望的表情，但下秒鐘她又笑著說：「雖然可惜了，但凡事無法強求。」

我遲疑了一下，還是開口問：「再請教您最後一個問題，既然這顆寶石有封印的功用，請問它能否將一整個黑暗之地的黑暗屬性全封進一個人的身體裡呢？」

光祭司沒有多加思索就立刻搖頭，回答：「就算寶石有這種功能，也不可能有人可以吸收那麼多的黑暗屬性，即使本就是黑暗屬性的生物也不行，恐怕才吸收一些就會爆炸開來，那不是人能做到的事情。」

不行嗎？我有點失望，但表面上仍保持笑容說：「原來如此，感謝您爲太陽撥雲見日，得到如此慈愛的回答，即便是夜晚，太陽也感受到光明的氣息，彷彿光明神親自在眼前綻放光采，讓太陽豁然開朗，掃盡心中的黑暗。」

光祭司不愧是長輩，她不但認眞聽完這段廢話，還露出微笑回應：「不用客氣，幸好上次審判騎士長已經詢問過相同的問題，否則我也無法這麼快給您答案。」

我一怔：「審判騎士長也詢問過此事？」

「是的。」光祭司點了點頭。

爲什麼審判沒有告訴我？難道是還來不及說？我有些納悶地問：「請問審判騎士長大約是何時詢問您？」

光祭司露出苦思的神色，說：「唔！過去一段不短的時間了，對了！大約是您回來後兩、三天左右的時間。」

兩個禮拜之前嗎？我揚起微笑說：「感謝您，對於您抽空幫助太陽，太陽深感榮幸，充滿感謝之意。」

「太陽騎士長您客氣了。」

光祭司笑了笑，對我一躬身行禮道別後，這才轉身離開。

我關上門，低頭看著手中的「永恆的寧靜」，寶石被充滿光屬性的金屬給圍繞住，那金屬把大量的水屬性禁錮起來，雖然免不了還是有一些水屬性洩露出來，不過這丁點水屬性倒不至於會引起旁人注意。

一旁的水燒開了，大量蒸氣從鍋子中不斷冒出，因爲跟光祭司的談話耽擱不少時間，調好的面膜開始從表面乾涸。

我卻遲遲沒辦法把注意力從永恆的寧靜上移開，它實在是美極了，雖然被封印住，但我卻仍舊可以清楚「看見」那毫無雜質的水屬性，如此美麗。

自從失去視力以後，我對美醜的概念整個顛覆了，能讓我感覺到美麗的東西實在太少太少，世上的東西大多看起來像一堆雜質混雜，說難聽一點，大多數都像個垃圾堆。

我沒辦法移開視線，沒辦法去敷面膜，更沒辦法不去思考——如果說，簡單的封印就可以讓寶石的水屬性不外洩，爲什麼老師要把寶石交給我來保管呢？

所謂「要用我的光屬性來掩蓋水屬性」這個理由根本就不存在！

就算老師是聖騎士不懂魔法的事情，但艾崔斯特是一名強大的魔法師，他不可能不知情。

想得頭都快破的時候，卻注意到一個熟悉的人就站在門外，在他還沒有敲門前，我隨手把永恆的寧靜掛在脖子上，還把墜子收進衣服裡，朝門口喊：「亞戴爾，進來。」

亞戴爾立刻高喊回應：「是，隊長，我進來了。」

他打開門進來，一如往常立正站好，等候指示。

眞的是好久沒看見亞戴爾。我笑著說：「你提早回來了，難道休假不愉快嗎？聽說你老家是個小村子，應該過得滿悠閒的吧？」

亞戴爾也笑了，整個人放鬆許多，說：「有點不習慣，都不知道該做什麼，只好每天還是晨跑，然後練劍半天，接著被母親使喚去砍柴，偶爾幫忙村民打獵、扛水，或者修理東西。」

聽到這，我沒好氣地說：「給你放假都白費了，你這種閒不下的個性，遲早跟暴風一起過勞死！以後再也不給你放假了，與其讓別人使喚你，還不如我自己用！」

聞言，亞戴爾苦笑起來，但他的笑容立刻就消去了，他看著我，面帶愁容地說：「隊長，我聽說您……」

吞吞吐吐老半天，亞戴爾卻一直說不出他到底聽說了什麼，但我注意到他一直在偷瞄我的眼睛。

我用無所謂的語氣說：「我的眼睛是看不見了，但這沒有什麼大礙，我自有別的方法可以看見東西，如果你來找我就是因爲聽說這件小事，那你可以走了。」

亞戴爾愣了一愣，連忙說：「不是的，隊長，審判騎士長要我來告訴您一些事。」

「審判？」我皺了下眉頭，問：「什麼事？」

「在您失蹤的那一天，您曾跟我說過話，那個時候，您的手上還拿著太陽神劍。」

但我完全不記得有跟亞戴爾說過話，看來這段記憶也跟著消失了，我連忙追問：「我跟你說了什麼？」

「那時您剛從外面回來，看起來有點心神不寧，說要去找老朋友聚聚。」亞戴爾低聲補充：「但我從沒見過您那麼慌亂的樣子，雖然您很努力壓抑不顯露出來。」

如果說有哪個人最擅長觀察我的神情，那肯定是亞戴爾了！

我接著問：「亞戴爾，你覺得我那時候是在說謊嗎？說實話，這很重要！」

亞戴爾點了點頭，老實地說：「我想您是在說謊，我覺得您那時候的神態好像是剛剛發現什麼令人震驚的眞相，一副要去找人算帳，所以先回來拿武器，準備出門去砍人。」

感謝你解釋得這麼清楚，我肚子裡的蛔蟲算你一條！

亞戴爾低聲說：「隊長，有一件事情我沒有告訴審判騎士長，我想還是先跟你報告過再說。當時，您還跟我說過要我找人長期跟蹤魔獄騎士長，如果他有異狀，就要馬上跟您報告。」

羅蘭？

先是粉紅，再來是審判和老師，現在連羅蘭也有事嗎？這到底是怎麼回事？眞的是他們有問題，還是、還是我自己有問題？

亞戴爾疑惑地問：「隊長，現在還要跟蹤魔獄騎士長嗎？」

我沉默了好一陣子，可實在不知道失憶前的自己爲什麼要下這種命令，根本無從判斷，只能再問：「你不在的這段期間，有派人去跟蹤他嗎？」

「有，我讓艾德去做了。」

「魔獄騎士長有什麼可疑的地方嗎？」

亞戴爾直直地看著我，說：「艾德說了不少可疑的地方，但……」

「但？」

他又壓低聲音說：「除了魔獄騎士長是個死人，他沒有任何可疑的地方。艾德很著急地跟我說魔獄騎士長很古怪，他幾乎不吃飯、不喝水，還完全不用上廁所。」

「不用派人跟蹤魔獄了。」我面無表情地說：「順便跟艾德好好說，要是讓我聽見魔獄騎士很古怪的傳聞，我就讓他知道他家隊長我更古怪！」

我想他已經知道得很清楚了……

「你說什麼？」

「是，隊長，我馬上去警告艾德！」說完，他急急轉身打算離開。

「等等！」

亞戴爾停下腳步，轉身問：「還有什麼吩咐嗎？隊長。」

我上下打量著他，慢條斯里地問：「亞戴爾，你，喜歡敷臉嗎？」

「啊？」

♣♣♣

「魔獄！」

我停下腳步轉身面對來人，暴風走過來，雙手還捧著厚厚一疊公文，他皺眉問：「你剛從太陽的房間出來？剛才不是亞戴爾進去了嗎？」

「亞戴爾已經走了。」我點了點頭，用壓低的嗓音說：「不過你最好不要進去，太陽他正在……」我用手在臉上做出抹的手勢。

「又在敷臉嗎？」暴風皺了皺眉頭後說：「沒關係，我看習慣了，總不會比粉紅色更糟。」

原來，粉紅色最糟嗎？

「我先去找太陽了。」

暴風直接走過我身旁，我正鬆口氣慶幸過關之際，他又突然停下腳步回過頭，在我還以爲事情可能要暴露的時候，他笑著說：「對了，今天的公文完成得很好，眞是多謝了。」

「不用客氣。」我不動聲色地回答，隨後快步離開，卻停在走廊的轉彎處，站在牆後窺視。

敲門聲音傳來，暴風還高喊：「太陽、太陽，開門——呃！你怎麼連頭髮都敷了？」

「太陽」開了門，他的臉上甚至頭髮上全都是淡紫色的面膜，話音含糊地回答：「頭髮也是要保養的。」

「隨便你吧！」暴風把所有公文全堆到「太陽」手上，冷冷說：「把這些公文改一改！我警告你，雖然亞戴爾回來了，你也不准把這些事情通通丟給他去做，我已經把亞戴爾的份放在他桌上了，你總不會想讓他眞的過勞死，從此沒副隊長吧！」

「……好。」「太陽」默默地收下公文。

看到這裡，我放心地轉身離開，打算趁機去找等陽，但卻突然發現自己根本不知道他在哪裡，正想先去找人問問時，迎面走來的卻是審判騎士長！

糟糕，另一條蛔蟲來了！

人都到面前了，我只能硬著頭皮跟他打了聲招呼，正想快步離開時，審判卻開口說：「我正在找你，魔獄。」

「喔？」我停下腳步，努力保持鎮定，壓著嗓音問：「有什麼事情嗎？」

「我想麻煩你，以後晚上守在太陽的門外，別讓他一個人趁夜偷跑出去。」

搞什麼鬼！居然又找人守我！雖然恨得牙癢癢，但表面上，我一口答應：「好，沒問題。」

審判和我對看一會兒，在我還以爲他快要看穿我的時候，他卻朝後方一比，指示：「你現在就可以過去了，大地和白雲都不在他身邊，我怕他已經想著要怎麼開溜，自己一個人去找沉默之鷹了。」

眞不愧是我肚裡的蛔蟲……我連忙解釋：「剛剛我才從太陽的房間出來，他正在敷臉，一時半刻應該不會離開房裡，現在我得先去拿暴風那邊的公文，今天晚上要改完那些公文。」

審判點了點頭，說：「辛苦你了，我最近也有點忙碌，恐怕三天一次的劍術切磋得先暫停了。」

原來審判和魔獄每三天就切磋一次，他倆真不愧是劍術強人，忙成這樣還是要比劍。

我硬著頭皮回答：「那真可惜，不過來日方長，總有機會的。」

「沒錯。」審判點了點頭，說：「你快去拿公文吧，太陽也許快敷完臉了，他最近白得像張紙，應該不須要敷太久。」

的確不用敷太久，雖然其實我根本就沒有敷，白白便宜亞戴爾了，今天的紫色面膜可是我研發的新配方。

我點了點頭，迫不及待地轉身離開，免得和肚裡的蛔蟲相處太久，被他發現此魔獄非真魔獄，那可就完蛋了。

走在走廊時，我總覺得哪裡怪怪的？

努力用感知觀察一陣子，這才發現原來是大家朝我投過來的視線不一樣了，以前大家看我總是看臉或者閃亮的金髮，現在卻不是看臉，而是看身體……

穿緊身衣果然還是太囂張了一點，眞不知道羅蘭是怎麼習慣穿這身衣服在聖殿亂跑。

「魔獄騎士長，晚安。」一名聖騎士走過來打招呼，他的後方還有好幾名騎士也在觀望，他十分恭敬地詢問：「請問您有時間教導我們劍術嗎？」

「抱歉，目前有要事在身，改天好嗎？」

我努力思考羅蘭到底會怎麼說話，雖然有點擔心被看穿，不過卻又不想立刻走開，因爲趁這個機會剛好可以看看羅蘭和大家到底相處得怎麼樣。

好像自從我把他抓來當魔獄騎士後，就沒怎麼關心過他，除了之前的副隊長狄倫不服氣的事件插了點手，後續就眞的沒怎麼注意人了，不知道羅蘭在後來還有沒有遇上什麼問題。

羅蘭當然也從來沒找我說過關於人際關係的問題，不過，這個死硬派的如果眞的找我傾訴關於人際關係的事情，我大概會懷疑他的腦袋是不是某部分防腐沒做好，開始腐爛變質導致個性都變調。

羅蘭生前不怎麼與人來往。伊力亞曾經這麼說過，就不知死掉以後的作風有沒有改變。

「好的。」聖騎士看起來有點失望，但還是再次期望地說：「期待下次能接受您的指教。」

我點了點頭。看來羅蘭和大家相處得不錯嘛！應該沒什麼好擔心的了，正想直接問問沉默之鷹住在哪裡，卻突然發現遠處趴在窗邊的那個人很眼熟，好像是……

「車、車——狄倫！」

窗邊的人立刻轉過身來，果然是狄倫，魔獄小隊的副隊長，他看見我就立刻喊了聲「隊長」，面帶微笑走過來。

看來，羅蘭和他的副隊長也相處得不錯，這下子，我是真的放心了。

我直接問他：「沉默之鷹住在哪裡？太陽騎士長讓我去問他一些事情。」

聞言，狄倫卻沉下臉，說：「我不知道沉默之鷹住在哪裡，但他現在正在聖殿的廣場上。」

「他在廣場上？」我疑惑地問：「他在那裡做什麼？」

「他……」

狄倫正想回答時，外頭起了一陣騷動，人聲和腳步聲混雜在一起，而且聽起來似乎是一團人正在小跑和爭論。

「寒冰騎士長也輸了！快快！快找別人去打！」

「絕對不能讓那傢伙這麼囂張！」

一堆聖騎士突然衝進聖殿的走廊，音量比平常高許多，語氣聽起來似乎還恨得牙癢癢的。

這實在很不常見，比起其他職業，光明神殿的聖騎士一直都以溫和善良聞名，但現在他們猙獰的表情和大嗓門看起來比戰士還要粗俗。

突然，一個聖騎士看見我，臉上表情好像看見光明神一樣的興奮，他立刻大喊：

「魔獄騎士長在這裡呀！」

這麼一喊，其他聖騎士通通轉頭看過來，一個個高興得好像發現救世主，一整團人還直線衝過來，將我團團包圍住，每個人嘴裡都不斷說話。

「那傢伙實在太過分啦！」

「也不想想他人可是在光明神殿！渾沌神殿的人在這裡囂張什麼！」

「那個小白臉以爲長得好看點就了不起呀！」

「魔獄騎士長，您的劍術是最強的，請您一定要去打敗他！」

這一堆話眞是聽得我滿頭霧水，最後總算聽到一句聽得懂的，趕緊問：「要去打敗誰？」

聖騎士一瞬間安靜下來，個個眼神憤恨，最後由第一個衝到我面前的聖騎士作發言人，他一字一字地高喊：「沉默之鷹！」

我？去打敗等陽？用劍？

不死巫妖第四惡行

「製造重重謎團」

當我被狄倫帶隊的聖騎士們簇擁著走進廣場時，等陽站在廣場中央，手上就提著把劍，周圍全是臉色或凝重或不滿的聖騎士，他卻仍舊桀驁不馴地站在原地，充滿一夫當關，萬夫莫敵的氣魄。

雖然我猜想，如果在場的聖騎士一擁而上，那不用到「萬夫」，普通聖騎士大約要二十個，如果是十二聖騎士小隊的成員，那頂多十個，如果裡面有亞戴爾這種等級的高手，那最多五個，等陽就會被揍得很難看了。

雖然我很想大喊「大家不如一起圍毆他吧」之類的話，但不管是魔獄騎士還是我的眞面目太陽騎士，都不可能當眾喊出這種話來。

在這種以切磋爲名的打鬥中，身爲一名聖騎士，也不可能眞的去圍毆一個人。

在場聖騎士看起來都很想把等陽那張帥臉揍成豬頭，但倒是沒有人眞的衝上去，一個個左張右望看看有沒有哪個騎士長能夠打敗這傢伙。

等陽一看見我，臉上表情很明顯怔了一下，這讓我有點疑惑，難道他認識羅蘭？

狄倫走到等陽面前，傲氣的態度不輸對方，他高傲地說：「沉默之鷹，你的劍術令人欽佩，但請不要認爲聖殿已無人可以打敗你，魔獄騎士長是所有騎士長中當之無愧的劍術最強，從未在劍術比試上敗過！你敢不敢挑戰他？」

等陽沒有回應他，而是直接看向我。

眾人的目光焦點隨著移動到我身上，我只好尷尬地舉起空空如也的雙手，試圖擺脫和等陽對打的困境。

「我沒有帶劍。」

狄倫立刻抽出他腰間的劍，恭敬地用雙手遞上，說：「隊長，請用我的劍，雖然比不上您的寶劍，但我相信……」他瞄了等陽一眼，笑著說：「對您來說應該綽綽有餘了。」

沒錯，就算我右手拿太陽神劍，左手拿羅蘭的魔劍，而等陽手上只有一支掃把，他要用劍術打敗我還是綽綽有餘。

但在眾人期盼的眼神之下，我只能接過劍來，緊接著卻不知道該怎麼跟等陽打。

身為魔獄騎士長，我到底可不可以用魔法？

作為太陽騎士，我對魔獄騎士該有的能力實在不是很熟，如果完全不能用魔法，那我還是果斷認輸吧，免得真的被打扁在地上，到時真收不了場。

到底是認輸，還是用魔法呢？我都還沒想好，等陽就衝過來了，速度快得嚇死人，我只能勉強接招，但等陽卻不斷地揮劍，而且每一劍都沒砍中我，像是故意和我的劍對撞——這到底在做什麼呀？

在劍刃相交的鏗鏘聲中，等陽低聲說：「太陽騎士？是您對吧？」

「……嗯！」

原來被他認出來了，差點忘記等陽是見過我穿這身衣服的人。

「太好了，我正不知道怎麼收場。」等陽鬆了口氣，說：「若再繼續打敗聖騎士，恐怕我真走不出這裡了，又不太甘心隨意輸給誰，幸好您來了，輸給您是理所當然的事情，反正我已經是您的手下敗將。」

等一下，爲什麼落敗是理所當然的事？我上次打敗你可是用人質威脅的耶！你們渾沌神殿的教育到底是怎麼回事，只要打贏就好，手段再陰險卑鄙都無所謂，是這樣嗎？

我都還沒想好怎麼反應，但等陽這傢伙自顧自地說完話後就自己摔飛出去，連手中的劍都脫手跌在一旁。

他狼狽地爬起來後對眾人宣布：「我認輸。」

周圍的聖騎士有些反應不過來，但絕對沒有自家得勝的喜悅，我完全可以理解他們的錯愕，在這裡的人可不是一般民眾，而是聖騎士中的菁英！

等陽這麼爛的演技怎麼可能騙過一大堆劍術高手！

我把狄倫的劍插到地上，對他怒斥：「你這是什麼意思？故意放水想留給聖殿一個面子？你認爲我需要你這麼做嗎？等我！我去取劍，就讓我們來場最公平的劍術比試！」

等陽愣了一愣，但還是點了點頭。

我走出廣場，一邊大步邁開一邊把感知放到最大涵蓋整座聖殿，還引來不少有感知能力的人注意，例如綠葉和教皇。

綠葉似乎只是感覺不對勁卻找不出源頭，而教皇可不是，他甚至朝天花板翻了個大白眼，好像發現窺伺者是我，這傢伙的感知能力竟然這麼強嗎？不愧是長年扮豬吃老虎的教皇，果真深不可測！

最後，我終於在房間找到目標人物——羅蘭。

走進房間時，羅蘭正背對著我，靜靜地坐在桌子前方看書，難得居然不是在改公文。

我走到他背後把手搭在他肩膀上。

「羅蘭。」

羅蘭嚇了一跳，從椅子上跳開來，對我露出警戒的表情，問：「你是誰？」

「格里西亞啦！」我急急地回答完，說：「快！快去跟等陽比劍。」

羅蘭愕然地問：「比劍？誰是等陽？」

「就是渾沌神殿的沉默之鷹！」我仔細吩咐：「你和他比完劍後，跟他相約去葉芽酒館喝酒，記得叫他自己一個人過去，如果他不願意，你就小聲告訴他，是我約他的。」

羅蘭皺起眉頭，說：「審判不讓你單獨去見他。」

「不會有事的！」我解釋道：「又不是什麼偏僻場所，酒館人來人往的能夠出什麼事情？我有些要緊的事情一定要問他，如果你不放心，那就穿著普通的衣服來酒館，坐在附近看我們聊天，但不要表明身分，我不想讓等陽有戒心。」

羅蘭思考了下，或許是我同意他去的緣故，他終於鬆口點頭說：「好，我幫你約他，不過我一定會跟去酒館。」

說完，他拿起劍，當然不是家傳魔劍，而是魔獄騎士的專用劍，隨即就要走出房間。

「羅蘭。」

我喊住他，他回過身來看著我，我十分堅定地對他說：「一定要贏，不准輸給渾沌神殿的傢伙，這是聖殿之首的命令！」

羅蘭揚起笑容，承諾：「絕對不會輸！」

等羅蘭離開一會兒後，我才走出他的房間，免得被人看見兩個魔獄騎士長前後出房間，那可就糟糕了。

走廊的人似乎比剛才還少，一直到我走出聖殿為止，也才撞見三個聖騎士，恐怕大家都跑去看羅蘭和等陽的劍術比試了。

我才剛走下聖殿的階梯，街道上的行人就把目光都放在我的緊身衣上，我只得遁入黑暗中，專門行走在暗巷和屋頂上，這才擺脫一大堆盯著緊身衣看的目光。

雖然龍的聖衣還是不能讓我跟劍術高手打鬥時能打贏，不過要做偷偷摸摸的事情倒真的很有幫助，真不愧是件刺客裝。

「反正沒人，你要說話就說話吧！」

感謝主上的稱讚，在下深感榮幸。

龍的聖衣一說話，我突然靈光一閃，知道粉紅底細的人不只等陽，還有這件衣服啊！

我連忙問：「龍的聖衣，你待在粉紅那裡有多久了？」

在下不知多久，沒有主人的時間，在下無法得知外界的事情。

「你上一任的主人是誰？」

前任主人的名字是法蘭。

「聽都沒聽過……」

前任主人還有個封號叫作沉默之鷹。

「沉默之鷹？」我嚇了一跳，驚呼：「你是沉默之鷹的東西？」

曾經是的。

這麼說起來，粉紅果然是渾沌神殿的人？但就算她是渾沌祭司，等陽身爲闇騎士之首，地位應該也在她之上，當初怎麼可能對她畢恭畢敬？

雖然問題還是一大堆，但好歹問到一些狀況，其他就見到等陽再說了。

「龍的聖衣，接下來我沒讓你開口就別說話。」

是。

跳下屋頂後，我推門進入葉芽酒館，裡頭有不少人紛紛轉頭過來，一眼又是注意我的緊身衣，我到這時也有點習慣了，無視那些目光，直接一屁股坐在吧台最靠牆的位置，說：「給我十瓶『一瓶醉』！」

老闆娘親自迎上前來，笑咪咪地說：「幾天不見了，魔獄騎士大人，您的酒量眞是一日千里，上次您還不怎麼肯喝酒呢！今次居然自己一個人來喝酒，怎麼沒找您的小隊員一起來呢？」

看來，羅蘭沒少被人拉來酒館喝酒。

唉！羅蘭不愛喝酒卻可以正大光明來酒館喝酒，我這個大酒鬼卻還得裝成他的模樣才能來喝酒！

想到這，我就想埋怨第一任的太陽騎士，不會喝酒像什麼男人！還禍害後人，讓每一任的太陽騎士都只能偷偷躲著喝酒。

「廢話少說，上十瓶一瓶醉來。」

老闆娘擺著笑臉，有些爲難地說：「這個……您是自己一個人來的，若是醉了，可沒有人能帶您回去呢！」

我看是怕沒人付錢吧，補充道：「我約了人，他等等就到。」

「您的一瓶醉馬上來。」老闆娘一聽，笑得一臉皺紋如盛開的菊花。「魔獄騎士大人，還需不需要一點下酒菜呢？」

我想了一想，非常大方地說：「有什麼招牌菜都上一點來吧！」

差不多在我喝到第三瓶一瓶醉的時候，等陽就推開酒館大門，他左張右望的同時，全酒館的人也都在看他，人人表情經典到可以編成一本人類表情面面觀大全。

先是男人驚嚇女人驚艷，再來男人難以置信女人讚歎，最後男人咬牙切齒女人花痴著迷……

對於眾人的表情表演，等陽似乎十分習以爲常，他完全無視聚集在自己身上的目光，一看見我就直直地走過來，直接坐到我旁邊的位子。

我搖晃著酒杯，十分肯定地說：「輸了吧！」

等陽點了點頭，落落大方地說：「輸了，但這不代表他一定能打贏我，如果我能用渾沌神術來輔助——」

「相信我。」我打斷他的話，驕傲地說：「我們家魔獄騎士長可不只有劍術傲人而已！」

等陽愣了一愣，點頭說：「我相信您，但我也不認爲自己會輸。」

你輸定了！死亡領主可不是單打獨鬥就能贏的玩意兒，尤其是一個絲毫不會聖光的闇騎士，恐怕沒有比死亡領主更加棘手的東西了。

但我當然不會告訴他，光明神殿的魔獄騎士是一隻死亡領主的眞相，只是一邊給他斟酒一邊切入正題：「你爲什麼這麼尊敬我？這不只是因爲我打敗你吧？」

等陽連忙說：「請別斟酒，我並不喝酒。」

我沒停止倒酒的動作，還不停勸：「喝一點沒關係吧？」

「闇騎士有不能喝酒的禁忌。」等陽躊躇了一下，最終妥協：「但如果是您下令的話，那我也許可以喝一點。」

「不喝就算了。」我拿起他前方的那杯酒，一口就喝乾了。

本來想灌他酒是爲了讓他的嘴巴鬆一點，比較容易套話，但對於這種完全不喝酒的人來說，一瓶醉實在太烈，我眞擔心他一杯下去直接趴桌昏迷，那好不容易能單獨和他說話的機會就消失了。

我一口喝乾，放下酒杯時，感覺到一個黑暗屬性比等陽還高的傢伙推門進來，羅蘭也來了，他穿著普通的聖騎士制服，也沒有蒙面。

他一走進來，男人們再次目露凶光，女人們眼睛發亮。

「今天哪來的這麼多小白臉。」男人們不滿地抱怨。

羅蘭走到離我們不遠處的角落，面對著我們的方向坐下來，他一坐下來馬上有女侍衝上去招呼，但他只要了一杯果汁。

我招來另一名女侍，勾勾手指要她靠近一些後，對著她耳邊說：「幫我做點調酒，用一瓶醉和果汁下去調，再加幾盤下酒菜，送去給角落的那位棕色頭髮的男人，說是我請的。」

女侍笑著說：「好。」說完，她還偷偷在我腰間摸了一把。

……怎麼我蒙面的身價好像比不蒙面還高？平常就沒有人要偷吃我的豆腐，難道我的臉還不夠帥嗎！

我拉住女侍，低聲吩咐：「記得別說那是一瓶醉，就說只是普通的水果酒，不會醉的。」

她對我眨了眨眼，還順便摸我胸膛一把，這才小聲說：「要灌醉他嗎？多付一銀幣，我包他一定醉。」

我思考了一下，說：「妳幫我做這件事情，再多送我兩瓶一瓶醉和一盤牛肉。」話說到這，女侍瞪圓眼睛，表情看著已經快氣死，我接著把話說完：「妳就可以摸我旁邊這男人的腰和胸，我保證他不會生氣也不會亂動。」

等陽靜靜地吃著飯菜，雖然我和女侍的說話聲音低，但他人就在旁邊，不可能沒聽見，但他仍舊不做反應，甚至就這麼默默被欣喜如狂的女侍摸了好幾把。

呵，愛麗絲公主敢給我寫威脅信，我就讓她戴綠帽！

等陽挾起一塊肉，假裝吃肉的同時低聲問：「要等那個人醉了再來聊嗎？」

我笑了一笑，喝了口酒後直接說：「沒這必要，說吧！你爲什麼要來聖殿？你是沉默之鷹，渾沌神殿之首，我可不記得光明神殿和渾沌神殿的交情有好到會互相往來，不要敷衍我，說實話！」

等陽又吃了塊肉，用輕鬆的口吻說：「魔王即將現世。」

噗！我一口酒差點噴出來，咳了老半天才回過氣來，無奈萬分地說：「你一定要這麼老實嗎？這件事不應該是你們渾沌神殿的機密嗎？你就這樣直接說出來，我可是……」我壓低聲音說：「光明神殿之首。」

「反正你們很快就會知道了。」等陽輕聲說：「很不幸地，恐怕這一次，葉芽城將成為魔王誕生之地。」

什麼！雖然震驚又困惑，但我還是先忍住不問，只是吃菜喝酒順便和等陽閒聊一些瑣事，譬如他和公主老婆現在的婚姻生活過得怎麼樣了。

等陽漾起一臉幸福的表情說他們大概五個月後就會有小寶寶誕生了，害我又噴一口酒出來。

原來是這麼回事，孩子都有了，不私奔也不行。

「你眞該小心點，不該搞出孩子。」我搖頭，若不是有孩子，等陽和愛麗絲大概也不會做出私奔這種事情來。

「我並不後悔，我和愛麗絲都很喜歡孩子。」等陽十分認眞地說：「我們已經決定要生十二個孩子了。」

我第三次眞噴了一口酒出來。你這個冷冰冰的闇騎士居然是喜歡小孩子的傢伙嗎？而且生十二個孩子是要湊一支闇騎士小隊出來嗎？

等陽和愛麗絲公主這兩大帥哥美女的組合，生出來的孩子就算集齊兩者缺點恐怕都醜不到哪裡去，更恐怖的是若那些孩子全都長得很帥很美，長大後全成了闇騎士和渾沌祭司，這對光明神殿和戰神殿來說，搞不好才是眞正的大危機！

要知道，帥哥美女的吸引力絕對不容小覷！

想到這，我連忙搭住等陽的肩膀，認眞地說：「爲了渾沌神殿和光明神殿的友好交流，你不如答應送三個孩子給我當聖騎士和祭司吧？我要最美最帥的那三個！」

等陽顯然沒想到這齣，直接愣住不知該怎麼反應，但我可是再認眞不過，甚至覺得與其讓等陽和愛麗絲去生出十二個帥哥美女，不如趁現在就把父親埋掉！

等陽不解地看著我，最後居然眞的點頭答應。

我鬆了一口氣，不管怎樣總算爭取到三個最帥最美的孩子，二十年後的危機暫時下降……一點點。

這時，羅蘭突然「咚」的一聲趴倒在桌上，總算是喝醉了，我這才結束讓人噴酒的日常聊天，開始和等陽說起正事。

我質問：「你說葉芽城將成爲魔王誕生之地，魔王要怎麼誕生？」

牽扯到葉芽城和魔王之事，這聽起來實在太嚴重了，得擺在第一順位問清楚才行，但等陽卻笑而不答。

「須要進包廂去談嗎？」我冷靜地說：「我知道很多話不能當眾說。」

「不用了。」等陽搖頭說：「因爲我不能告訴你，不管在哪裡都一樣。」

「話哪有說一半的！」我嚴重抗議：「既然你都說出魔王要誕生的大事來了，爲何不能告訴我怎麼誕生？這樣教我要怎麼處理這件事？這都不如不說！」

等陽只是搖搖頭，說：「我不能告訴你，但我可以幫你，那是被允許的。」

我錯愕不解地反問：「幫我什麼？」

幫我維持治安？渾沌神殿之首總不能長居葉芽城吧？快生的老婆都不用回去看看了？還是幫忙幹掉誕生的魔王？這不可能吧？魔王可是他家渾沌神的代言人……唔！這似乎也不是不可能。

魔王不出，他沉默之鷹就是渾沌神殿之首，魔王一出，他立刻變走狗，換作是我，說什麼也要幹掉魔王！

「你想要幹掉魔王嗎？」我左右看看後小聲詢問。

聞言，等陽笑而不答，雖然他的笑容帥到周圍女侍一個個快暈倒，但我只想一拳揍掉他的笑容！

問什麼都不回答，那我冒著被審判關一年禁閉的風險找他出來單獨談，還特地把羅蘭灌醉的工夫不就全白費了！

我勉強沉住氣，打算多問幾個問題，總會問到他肯回答的，如果他什麼都不肯說，那我就把羅蘭叫醒，聯手把等陽和他那十一個未出世的孩子通通埋掉！

「粉紅是什麼人？」

聽到這問題，等陽愣了下，皺著眉頭似乎在思考這話能不能說，考慮很久後，在我的臉色越來越難看的情況下，他才低聲說：「她們是負責引導魔王誕生的人。」

「她們？兩個？」

我也早有猜想，如果粉紅和紅詩不是同一人，那多半就是「一樣的東西」，畢竟她們兩個相似的地方實在太多。

等陽沉默了一下，才低聲說：「三個。」

什麼！還有一個小女孩？這種麻煩的東西有粉紅和紅詩就夠多了！

我沉默良久，不知道這問題到底該不該問，但不問的話，接下來做事會綁手綁腳，實在很麻煩，不得已之下，我還是嘗試開口：「如果我殺掉她們，渾沌神殿會有什麼反應嗎？」

等陽訝異了一下，卻回答：「不，不會有任何反應。」

「完全不會？」我有點吃驚了，再次確認：「當初你這麼尊敬粉紅，但是她死掉也無所謂？」

等陽搖頭說：「她們不會死，最多是身體毀滅而已。」

這麼說來也是，除非找到巫妖放置靈魂匣的所在地，否則就是太陽神劍都沒辦法眞的毀滅她們，最多是讓她們元氣大傷。

殺不掉眞是個大問題！我皺緊眉頭，實在搞不懂巫妖這麼稀奇的不死生物怎麼一下子就出現三個。

要知道，一隻巫妖可是能夠搞垮一座大城市的恐怖存在，而三隻巫妖根本和一場超級天災沒兩樣。

我猛然想起來，除了少見的巫妖，這一年還出現兩隻少見的死亡騎士，這些「少見的」不死生物似乎開始變得很常見，這絕對不是件好事。

「還有什麼要問的嗎？」等陽低聲問：「太陽騎士？你的變身時間應該快要到了吧？」

聽到這話，我嚇了一跳，但想到龍的聖衣剛剛才說它的前一任主人是沉默之鷹，等陽會對龍的聖衣有所了解，也不是什麼奇怪的事。

「最近有個人會進城來。」等陽面容嚴肅地說：「他也許會想害你——不，他是一定會害你，所以你自己要小心點。」

我愣了下，問：「他是誰？」

等陽笑著搖搖頭，顯然又是不能回答的問題。

「那我……」又是什麼人？

等陽看著我，等待我把話說完，我停了許久，才又開口：「你覺得這身衣服怎麼樣？」

「龍的聖衣嗎？」等陽愣了一下，中肯地說：「合身卻方便活動，非常適合隱匿，不過也有些可惜，看起來太合身了，連口袋都沒有，似乎連暗器都放不下，以刺客裝來說有點不太實用。」

在下不須要把暗器放在口袋之中！

龍的聖衣很不服氣，但我沒理會它，雙手搭上等陽的肩膀，語重心長地說：「既然這身衣服連暗器都放不了，自然也放不下金幣和銀幣這樣的東西，你說對吧？」

「……我明白了，這餐請讓我付帳。」

我立刻說：「你眞是太大方了，好，就讓你請吧！記得連角落那棕髮男人的帳單也要付。」

等陽無言以對，但仍舊點了點頭。

有人付帳後，我站起來走到羅蘭身旁搖了搖他，他晃了兩晃卻沒動靜，我只出聲喊：「羅蘭？醒醒啊，羅蘭？」

他竟一點反應也沒有，居然醉成這樣，不知道那女侍到底在酒裡加了什麼東西，連死人都可以再醉死一次，看來我恐怕得扛他回去了，幸好三個小時的變身時限還沒過去，有龍的聖衣在，扛個人走回聖殿應該不是件太辛苦的事情。

當等陽在付帳並拒絕女侍以摸代付的要求，而我正想扛起羅蘭時，卻突然聽到酒館外頭一陣喧鬧聲，酒館內的人都停下動作，紛紛看著外頭。

有幾個看起來膽子大的男人率先要走出去看看，卻有人先一步衝進來大叫：「外頭有不死生物，聖騎士正在追捕，要大家待在室內不要出去！」

又是不死生物？想起上次的死亡騎士，我總感覺有點不安，應該不會又是一隻死亡騎士吧？但這不可能呀！死亡騎士沒那麼容易誕生，一年內看見兩個已經是很不正常的狀況。

「魔獄騎士大人，您不過去消滅不死生物嗎？」

酒館老闆娘這一喊，全酒館都轉頭過來看著我。

「消滅不死生物是太陽騎士的事情，不是魔獄騎士啦！」

某個男人大聲嚷嚷，其他民眾也不住點頭，「全大陸都知道」的事情在這間小酒館也不會例外。

雖然現在偽裝的是不須要去消滅不死生物的魔獄騎士，我反倒有點想過去看看，但又不能放著羅蘭不管，正左右兩難的時候，等陽走過來對我說：「我可以幫您把他帶回聖殿。」

猶豫之際，外頭的喧鬧聲更大了，而對於等陽這人，我還是有一定程度的信任，他怎麼說也是沉默之鷹，代表著渾沌神殿，若敢傷害十二聖騎士，將會挑起兩座神殿的大戰。

我下定決心點頭說：「好，你把他扛回聖殿後就丟給圖書館的白雲騎士長。」

等陽認眞應下：「我明白了，一定做到，不會讓他有任何損傷。」

交代完，我走出酒館，稍微放大感知範圍後就在幾條街外發現三名聖騎士正在急行，我立刻跳上屋頂開始追趕他們。

我無聲無息地跳下屋頂，站在那三名聖騎士身後，喊：「等等。」

三名聖騎士嚇了一跳，戒愼地舉著武器轉過身，高喊：「誰……魔獄騎士長？」

一看見我，他們就放鬆垂下武器，紛紛說：「魔獄騎士長，您在這裡眞是太好了！」

「發生什麼事情了？」

聖騎士露出憂心忡忡的表情解釋：「有不死生物出現在城內！」

他們的表情讓我有點不解，雖然葉芽城是光明神殿的大本營，不過也不是沒有出現過不死生物，光是粉紅送來給我預防憂鬱症用的不死生物就出現過不少次，聖騎士應該早就習以爲常才對。

難道是很強的不死生物？眞的出現第三隻死亡騎士了？我皺眉追問：「是什麼類型的不死生物？」

「很多類型！」聖騎士們一起大喊：「不死生物有好幾批！」

「什麼？」

這下子換我驚訝了，不可思議，難道城內出現死靈法師——應該說，出現粉紅以外的死靈法師嗎？

「通報神殿了嗎？」

聖騎士們點了點頭，說：「太陽小隊副隊長已經帶隊在城中搜索。」

亞戴爾嗎？但亞戴爾不知道城內出現過死亡騎士，如果他把太陽小隊分得太零散去搜索，若有小隊員遇上死亡騎士，那就糟糕了！

我對那三名聖騎士下令：「我去找太陽小隊，你們繼續搜捕，若是情況不對，馬上逃跑——馬上回聖殿求援！聽見沒有！」

接到這命令，聖騎士看起來有些詫異，不過還是大聲回應：「是！」

我轉過身，對著屋頂轟出一團聖光，在聖光照耀之下，一隻就趴在屋簷陰暗處、蝙蝠狀的不死生物被聖光轟個正著，尖叫一聲後炸開，連片渣都沒有剩下。

聖騎士們露出崇拜的表情，這讓我想起自己好像不應該隨意用出聖光，我現在的僞裝是魔獄騎士，要遵守魔獄騎士的規則才行。

但想來想去，除了來無影去無蹤，身爲殘酷冰塊組卻聽令於太陽騎士這兩點外，魔獄騎士好像沒有什麼一定要遵守的規則，雖然理論上，殘酷冰塊組應該不太會用聖光，不過這也算不上規則，偶爾有殘酷冰塊組成員擅長用聖光，那也不奇怪，畢竟終究是聖騎士。

這麼說起來，我不只可以施展聖光，就算用出魔法都沒什麼好奇怪的了？

那還有什麼好怕的？我立刻轉頭對聖騎士，說：「我先走了，你們要小心一些，有危險就立刻撤退回聖殿叫大部隊來。」

三名聖騎士都點頭答應。

這時，我調動風屬性，感覺身子瞬間輕盈，腳底緩緩離地，直到感覺風屬性足夠後直接一飛沖天！

飛上高空後，我還感知到那三名聖騎士站在原地，看著我飛走的方向，似乎完全無法反應過來，表情呆滯到像傻子一樣哈哈哈！

享受完聖騎士的呆傻表情後，我在空中自由飛翔，今天的天氣偏熱，飛行讓涼風流竄過我的全身帶來陣陣清涼感，眞的很舒服，可惜現在可不是享受飛行的時候，得去辦正事了。

我懸停在葉芽城的正中央，將感知徹底放開，還眞有不少不死生物潛伏在城內，只是因爲正在搜捕的聖騎士挺多，所以它們都躲著不敢現身，讓聖騎士們一頓好找。

在感知幫忙下，我把它們一隻隻地找出來，算準數目後，聚集大量聖光化成一根根長條尖狀物，類似綠葉的「聖光箭」，這種光聚成的箭矢穿透力較真箭來得低，但應付不死生物卻再合適不過，除此之外，聖光箭矢的優點還有可以轉彎！

搭配上我的感知能力，無論不死生物躲在哪裡，只要有一枝箭能鑽過的空間，聖光箭都會找到它們，箭無虛發，讓它們死個徹徹底底！

我將葉芽城分成四大方位進行感知，前後射出三次聖光箭，一次大約射出十來枝箭，這才把不死生物掃得差不多，想不到居然會有這麼多，要知道聖騎士肯定已經把容易找到的不死生物解決過一輪了。

最後，我飄在空中進行最仔細的感知，打算尋找造成這一切狀況的罪魁禍首，但感知到一半，腦袋卻突然痛得像是炸開來，根本沒辦法集中精神聚集風屬性，整個人瞬間從空中掉下去。

雖然想要重新聚集風屬性，但頭痛得受不了，只聚集起一點點，勉強讓下降的速度慢一些，緊接著就整個人摔在地上，應該是摔得不輕，不過現在我頭痛得像是有一支軍隊在腦袋裡打鼓，就算四肢斷掉恐怕都感覺不出來。

痛得要命！除了痛得抱緊腦袋，我根本做不了其他事情！

腳步聲……似乎有人過來了，可是我怎麼也沒辦法感知出東西，周圍全是一片黑暗，除了一開始瞎掉的時候，我還沒有這樣眞正陷入黑暗中，那時就算還不熟練也總能感知出一點東西來，但是現在卻什麼也看不見，是眞的瞎了！

一直到有人擔憂地問：「魔獄騎士長，您還好嗎？您受傷了嗎？」

突然聽見聲音讓我嚇了一跳，沒想到對方已經靠得這麼近，但這聲音太熟悉了，我馬上反問：「亞戴爾？」

那人愣了一下，非常小聲地問：「隊長？」

果然是亞戴爾，我伸出手亂抓一陣才抓到他，應該是手臂的部位，這讓我感覺鬆了一大口氣，不再有又痛又可能會沒命的慌亂感，總算能夠平靜下來。

「是我，亞戴爾，帶我回聖殿，我看不見。」

「……好，隊長，我馬上帶您回去！」

看不見東西，我只能努力地聽，亞戴爾的聲音聽起來似乎有點緊張，但當我反射性想感知他的表情時，突然一陣劇痛……

「隊、隊長，您沒事吧？」亞戴爾的聲音絕對是緊張萬分沒錯了。

我甩了甩頭，正想跟亞戴爾說沒事時，卻聽見龍的聖衣的聲音。

主上，您變身的時間快到了，請問要再付出兩百公克的血液來換取多一小時的變身嗎？

眞要命，我可不想付出兩百公克的血就只爲了穿著這身衣服回聖殿，連忙吩咐：「亞戴爾，先帶我進巷子，確認周圍沒人再跟我說。」

「好。」亞戴爾答應完，轉頭大喊：「艾德！魔獄騎士長要和我去執行任務，接下來由你負責率領小隊繼續搜捕不死生物，記住，不許分隊只能集體行動！」

當不遠處傳來「是」的回應後，亞戴爾就把我扶起，雖然有人攙扶，但完全看不見東西讓人感覺非常不安，我連腳步都跨得戰戰兢兢，不知前方是不是有障礙物。

感覺似乎走了很久，不過我想應該只是錯覺，實際上可能只有兩、三分鐘，畢竟在這段期間，龍的聖衣一直沒有提醒我變身的時間到了。

亞戴爾小聲說：「已經沒有人了，隊長。」

聽見這話，我立刻解除變身，整個人背靠在牆上，呼出一口長長的氣。

亞戴爾又用緊張的語氣問：「隊長，您還好嗎？」

「不太好。」我也不太理解剛才發生什麼事，是不是用太多感知能力超出負荷，所以才造成這樣的後果？

他倒吸一口氣，結結巴巴地問：「那、那怎麼辦？」

亞戴爾這語氣好像眞的非常擔心，我連忙說：「不要緊，只要帶我回聖殿，我休息一下就好。」

他說了聲「好」，一路扶著我回聖殿，爲了避免被別人發現我的眼睛有問題，我只能特意裝出虛弱到需要人攙扶的樣子，雖然現在頭痛到不用裝就很虛弱了。

走上聖殿的階梯沒多久，我想應該已經進到聖殿中的時候，亞戴爾突然停下腳步，我正想問他怎麼不走，就有人開口說話了。

「你爲什麼會從外面走進來？」

這聲音聽起來好像是……我突然有種想拔腿就跑的衝動，但就算沒瞎都跑不過對方，更別說瞎掉的時候了。

「回答我！太陽騎士長，你不是待在房間裡嗎？爲什麼會從外面走進來，而且似乎受傷頗重呢？」

絕對是審判騎士長，而且還是很火大的那一種！

「我沒有受傷！」

我立刻甩開亞戴爾的手，自己站穩了，擺出一副生龍活虎的樣子。

亞戴爾小聲提醒：「隊長，你的臉擦傷和瘀青一大塊。」

「……我只是在房間摔了一跤從窗口跌出去，不小心臉著地，然後被亞戴爾扶回來而已。」

硬著頭皮胡說八道時，我聽見腳步聲由遠而近，非常急促沉重，聽起來就不太妙，我連忙低聲問：「是誰來了。」

「魔獄騎士長。」亞戴爾也是低聲急促地說：「隊長，您對他做了什麼嗎？魔獄騎士長瞪著您，雙眼好像快噴出火來了！」

聽到這話，我反射性想施展感知看看羅蘭到底是什麼表情，但下一秒，腦袋突然「轟」了一聲，最後只聽見亞戴爾的大叫——

「隊長！」

♣♣♣

才剛睜開眼睛、什麼都還沒搞清楚，就聽見附近有輕微的聲響，我反射性地問：「誰？」

「是我。」這應該是羅蘭的聲音。

「喔。」

坐起身來，我稍微摸了摸周遭，身上蓋著一床棉被，身下應該是床，觸感都很熟悉，香味也是，淡淡的薰衣草香，這應該是我的房間。

我抹了抹臉，臉上很光滑，絲毫沒有擦傷的痕跡和痛感，看來已經被治療過了，雖然腦子現在還有點昏沉和鈍痛，卻也不是昏過去之前那種劇痛。

我揉揉額角問：「我睡了多久？」

「不久，現在還是早飯時間。」

說是不久也是睡了整整一晚上，我想起最要命的問題，小聲問：「審判他很生氣嗎？」

羅蘭沉默了一會兒，才說：「非常生氣。」

他的語氣聽起來十分勉強，不知道是爲什麼，該不會審判眞的氣炸了吧？畢竟我又偷溜又受傷回聖殿，最糟糕的是還被當面抓包，眞是不曉得該怎麼讓審判消氣了。

哎，只能慢慢想辦法了。

「好餓，羅蘭，幫我拿份早餐來！」

我跨下床鋪，反射性揮手周圍有沒有障礙物，手卻直接碰到人體，本來以爲是羅蘭，但想想卻感覺不對，羅蘭穿的是緊身衣，但我摸到的東西卻是一大塊布料，這絕對不是緊身衣，反而比較像袍子——袍子！

「你最好自己說清楚發生什麼事情。」

審判的語氣冷得不能再冷。

完蛋！原來審判也在。

羅蘭十分慌張地問：「太陽你、你真的看不見了嗎？」

「我本來就看不見。」

咕噥完後聽見審判一聲冷哼，我連忙解釋：「沒事，我真的沒事，只是用太多感知能力，所以頭很痛，才讓亞戴爾扶我回來，現在是怕一用感知又頭痛，才暫時不使用。」

話說完後，現場又是一片安靜，我卻看不見狀況，只能惶惶然等待，真要命！

「你為什麼灌醉魔獄？」審判淡淡地說：「我很好奇，你有什麼話可以和沉默之鷹談，卻不能和十二聖騎士談？」

我連忙說出早就準備好的理由：「我沒有灌醉他啊！我怎麼知道他酒量這麼差，一瓶水果酒就醉了……」

完了，又是安靜，現在到底怎麼回事，看不見審判和羅蘭的表情真的很讓人心慌。反射性就想用感知去查探兩人的表情，結果頭立刻又痛起來，我捂著頭，直到這陣頭痛過去。

「你休息吧。」審判冷冷地說：「接下來不會有人跟著你了，你想去哪裡、想做什麼，都隨你自己的意思。」

「審判騎士長！」羅蘭驚呼一聲，急急地說：「太陽現在看不見，放他一個人太危險——」

他的話卻被審判打斷：「反正你在關鍵時刻總會被他甩開，跟了也沒用！」

……完了，審判這次不只是生氣而已。

這時，房門似乎被拉開了，我猜想可能是審判氣得要走了，正要開口挽留他時，卻聽見別人的聲音。

「審、審判騎士長！我、我想找隊、隊長……」

這是亞戴爾的聲音，他的語氣聽起來非常驚慌失措，審判現在的表情一定超級恐怖，也許不使用感知去看他的表情才是對的。

審判問：「你找他做什麼？」

「呃！這……」亞戴爾吞吞吐吐地說不出話來，如果我能看見他的表情，他肯定在偷瞄我，試圖找出一點暗示。

「亞戴爾，直接說就好！」

我連忙回應，免得審判以爲我又瞞著他去做什麼危險的事情——應該沒有了吧？

「有人要找太陽騎士長，他說要轉達前任太陽騎士的話，還說只要跟太陽騎士長說他是『艾崔斯特』，太陽騎士長就會明白了。」

「艾崔斯特！」我差點從床上跳起來。

「艾崔斯特？」審判有點疑惑地問。

「跟我老師在一起的那名黑暗精靈。」我急忙解釋完，就想爬起來去找艾崔斯特，我有太多問題想要問他了！

剛想從床上站起就差點摔一跤，只得又跌坐回床邊，想想現在這個瞎掉的狀態要保持優雅走到艾崔斯特面前的難度實在太高，只能開口吩咐：「亞戴爾，把艾崔斯特帶來這裡。」

「是，隊長。」亞戴爾喊完，響起一陣腳步聲。

「我們須要離開嗎？」

審判的聲音還是一樣冰冷，估計只要說句「須要」，我這輩子都別想聽見他說話的溫度會比冰塊高。

我連忙說：「不用不用，你們想待就待，我沒有什麼事情要瞞你們！」

審判沒有回應，羅蘭也沒說話，我在寂靜中等著亞戴爾回來，等得手都抖了！這沉默太可怕……

好不容易再次聽見開門的聲音，我眞心有種得救的感覺！

知道我看不見，亞戴爾非常貼心地大聲喊：「隊長，人帶過來了。」

我試著問：「艾崔斯特？」

「好久不見了，格里西亞。」

聽見這聲音，我肯定這個絕對是艾崔斯特沒有錯，他的聲音實在很特別，比起一般正常男人要輕柔一點。

如果是正常人類，我肯定聽得耳朵發癢讓對方好好說話，但他是黑暗精靈，聽他說，男性黑暗精靈的聲音都是這樣的，由於我只見過他這麼一個黑暗精靈，所以無從考證，只好當作就是這麼回事。

「脫掉你的斗篷再說話。」審判冷冷地說。

艾崔斯特立刻用緊張的語氣說：「我只是來傳達尼奧的話，馬上就離開，沒有必要脫下斗篷。」

我立刻說：「羅蘭，去掉你的偽裝。」

約十秒鐘後，我聽到倒吸一口氣的聲音，然後是艾崔斯特的低聲喃喃：「原來，他就是你說過的死亡領主。」

接著，我聽見輕微的東西落地聲，或許是艾崔斯特脫掉斗篷的聲音，但我無法確定。

相較於艾崔斯特剛才的驚訝，審判和羅蘭對於艾崔斯特這個黑暗精靈似乎沒有多大反應，我連一聲驚呼或者倒吸氣的聲音都沒有聽見，這也難怪，比起死亡領主，黑暗精靈可真不算什麼。

雖然想問的事情很多，但我想還是先問清他的來意再說：「艾崔斯特，你來找我有事嗎？」

「尼奧和我在外地聽說你失蹤的事情。」艾崔斯特語氣憂慮地說：「你有把永恆的寧靜好好地掛在脖子上吧？」

沒想到艾崔斯特會這麼直接提起寶石的事情，我好不容易才把寶石從審判手裡拿回來，要是被他知道我居然隨身帶著這顆危險的寶石，他肯定會更生氣……

「太陽？」審判冷冷地問。

我默默地把永恆的寧靜從衣服中拉出來，然後把項鍊整個拿下來放在手掌心，問：「艾崔斯特，老師把這顆寶石放在我這裡的理由不是因為我的光屬性可以掩蓋它的水屬性吧？」

艾崔斯特卻驚呼：「你為什麼要封印它？這樣就沒有用了！」

這時，我手上的寶石突然被人一把扯走，緊接著就聽見審判的怒吼：「難道你還要想它有用嗎？你到底是什麼居心？想讓太陽變成——變成另一個人！」

「變成另一個人？」艾崔斯特的語氣聽起來很迷惑，說：「我不知道你在說什麼，我們是為了他好，尼奧他還為此……」

說到老師的名字時，艾崔斯特沉默了下來，沒有繼續說話。

「老師在哪裡？」我疑惑地問：「他爲什麼不來找我？」

艾崔斯特卻沒有回答，過了一陣子，他突然開口問：「格里西亞，你的眼睛怎麼了？」

「瞎了。」審判冷冷地回答。

艾崔斯特足足過了五秒鐘後才驚呼一聲：「什麼!?」

我立刻抗議：「審判，你就不能用委婉一點的說法嗎？我也沒眞的瞎啊！」

「沒眞的瞎？」

我聽到一陣腳步聲和雜聲後，審判開口說：「你知道我現在要摔什麼東西嗎？如果你沒答出來，我就摔了它！」

我啞口無言，現在連感知都不能用，怎麼可能會知道他要摔什麼。

審判冷冷地公布答案：「你那價值三個月薪水的薰衣草精油罐。」

「對不起，我承認我瞎了，你千萬不要摔它！」

不死巫妖第五惡行

「惹出一堆麻煩，讓人忙得不可開交。」

在我沒有交代眼睛瞎掉的完整原因之前，艾崔斯特什麼都不肯說。

我只好從頭開始說故事，當說到對光明神祈求，只要綠葉能夠完全復活，自己願意付出任何代價的事時，艾崔斯特突然大吼：「你怎麼能對神做出這種承諾？你也許會死的！誰都不知道神會要走什麼東西！」

他停頓了一下，說：「你看，大家都點頭了！」

看什麼看？我看不見啊！

「你不該那麼做。」艾崔斯特又責罵了一次。

「但我一定要那麼做！」我怒吼：「只有這件事情，就算時間重來一百次，我也不會改變任何一次！」

又是沉默，真要命，現在首要的事情絕對是讓感知能力復原，否則什麼事情都沒有辦法做。

好一會兒後，艾崔斯特有些納悶地說：「但我和尼奧都沒有聽說你失明了。」

「因爲沒有人知道。」

洋洋得意的話一說完就聽到冷哼聲，我立刻收斂得意表情改成一臉可憐兮兮。

「怎麼可能沒有人知道？」艾崔斯特訝異地說：「你是太陽騎士，光是失蹤幾天，消息就很快傳遍全大陸，更何況是失明這種大事。」

這次，我只敢老老實實交代：「我利用感知能力來替代視力，現在只有少數人知道我失明了。」

「感知？」艾崔斯特沉默了好一陣子後才十分勉強地問：「你能把感知當作視力來用？」

我點了點頭，聽見他咕噥：「這可真是不可思議，到底要有多強的感知能力才做得到？那你現在爲什麼不使用感知？」

我開始交代那天消滅不死生物的經過，還特別把過程講得更加辛苦一點，希望能夠讓某個冷得像冰的傢伙稍微解凍一下，千萬不要想到關我一年禁閉之類的懲罰。

「想要感知就會頭痛？」艾崔斯特皺起眉頭，說：「應該不會這樣的，從沒有聽說過使用魔法過度會導致身體疼痛，除非你不是感知過度，你是被攻擊了！」

「攻擊？」我愣了一下，說：「沒有人攻擊我。」

「有，攻擊不見得都是有形的。」艾崔斯特繼續解釋：「你的感知不就是一種無形的能力嗎？既然你能感知，別人就可以反擊！」

這麼說起來好像很有道理，而且我也相信艾崔斯特的魔法實力，他跟我可不一樣，是一位眞正的魔法師，魔法可是紮紮實實一步步學上來的，不像我完全是看著人家比劃就亂學，除了實際把魔法打出去，我還眞不知道半點魔法理論。

「將永恆的寧靜給我，這顆寶石有很強的淨化能力，雖然我對水屬性魔法不夠擅長，但搭配上這顆寶石，也許可以讓格里西亞的感知能力復原——」

艾崔斯特都還沒說完，審判立刻冷冷地說：「什麼都可以用，就是不准用這顆寶石。」

艾崔斯特連忙解釋：「永恆的寧靜眞的不是邪惡的東西，他對格里西亞有很大的幫助，之前會發生不好的事情應該是被惡人利用了，請相信我！」

「艾崔斯特不會害我。」我也幫忙開口緩頰：「審判，你就算不相信他，也該相信我的老師。」

審判突然用激動的語氣說：「如果連你都能棄烈火和寒冰不顧，那還有什麼人值得相信？」

這話說完，他卻自己「啊」了一聲，輕輕地開口：「太陽，我不是那個意思……」

雖然看不見，但是如今現場安靜得連呼吸聲都可以聽得一清二楚，不需要眼睛，我也可以感覺出眾人有多尷尬，連呼吸都不敢太大聲。

我淡淡地說：「亞戴爾，去把教皇叫來，跟他說我要他立刻過來。」

亞戴爾立刻回答：「是。」

「傳話完，你就去做自己的事情吧，不須要再回來了。」

「……是。」

緊接著，我又說：「羅蘭，你應該很忙吧？去做你自己的事情吧。」

下完命令後，我也不知道羅蘭有什麼反應，但足足過了好幾秒，他才回答：

「好。」

等聽到兩聲開關門的聲音後，我才開口說話。

「教皇陛下對魔法也很有研究，加上艾崔斯特，或許可以不用寶石就恢復我的感知能力。」我解釋完，停頓了一下，才又說：「審判，你把寶石交給艾崔斯特。艾崔斯特，麻煩你把寶石還給老師。」

艾崔斯特還想辯解：「但是──」

「就這樣決定了！」我強硬地決定，不容反駁。

雖然我的語氣非常堅持，卻看不見他們是不是照做了，也只能當作所有人都有按照著我的話去做。

沒過多久，我聽到房門開啓的聲音，接著是教皇的輕聲叫喊：「黑暗精靈？」

不愧是教皇，在沒有心理準備下猛然看見黑暗精靈居然還能這麼冷靜，但話說回來，他應該早就知道我的老師和一名黑暗精靈一起冒險。

「黑暗精靈、太陽騎士和審判騎士？」教皇咕噥：「眞是奇怪的組合，感覺就沒好事，不過幸好沒有尼奧，要是連尼奧都在，多半是他和黑暗精靈闖出什麼滔天大禍，不得不回來找學生求救。」

「教皇，我的感知不見了。」

爲了阻止教皇繼續碎碎唸下去，我簡單扼要地說：「如果你不幫忙，光明神殿的太陽騎士就瞎掉了。」

「……你一定要這麼刺激一個老人家嗎？」教皇抱怨：「委婉點說不行嘛？」

「你跟審判抱怨啊！我要委婉一點說話，他就要摔我的薰衣草精油了。」

「那肯定是你的錯！」教皇一口咬定。

「……」我決定不理他，直接跟正統的魔法師說：「艾崔斯特，麻煩你跟教皇討論一下要怎麼做了。」

他們兩個簡單跟彼此打過招呼後，艾崔斯特就直奔重點，講話內容艱深難懂，完全不比我連篇的光明神廢話好理解，可以說，每個字詞分開來聽都沒問題，但湊在一起後的結果卻變成我完全聽不懂的話語。

既然聽不懂，我也就乾脆不聽了，跟審判說：「審判，我肚子餓了。」

「我去幫你拿點食物。」

說完，他就離開房間，彷彿迫不及待。

沒多久後，教皇突然對我說：「太陽，照這麼說起來，那永恆的寧靜眞的可以幫你，如果寶石沒被封印的話，你只要戴著它，根本不會被攻擊到連感知都做不到。」

我沒好氣地回：「寶石在審判那裡，你想惹惱他，就去跟他拿啊！」

「審判拿走寶石做什麼？不過他的臉色眞是難看，拿回寶石的事情千萬不要算我一份。」

聽到這，我翻了翻白眼，教皇訕訕然地說：「總之先把你的感知弄回來再說。」

他話說完，我就感覺不太對勁，但具體也不知道發生什麼事情，直到重新感覺到屬性的存在，這才發現有一層厚厚的水屬性和光屬性圍繞著我的頭，我就這麼從完全的黑暗感知到圍繞在頭周圍的濃厚水光屬性，周圍景象也從黑暗中出現一片片光最終形成光霧，光霧又被一層層揭開，周圍的景象越來越清楚可見。

最終，教皇正對著我，雖然臉上蓋著面紗，不過他知道面紗擋不住我的視線，正擠眉弄眼地說：「怎麼樣，看見了嗎？」

「你再嘟嘴巴用食指戳臉頰，我就用聖光把你轟出去！一個老傢伙還裝什麼可愛！」

教皇收起擠眉弄眼的動作，聳肩說：「看來是復原了。」

艾崔斯特十分憂慮，說：「你不戴著永恆的寧靜，如果下次再被攻擊，你或許還是會失去感知能力。」

我果斷道：「你教我怎麼讓感知能力復原，我不懂魔法理論，你只要告訴我怎麼做，下次我就能自己把感知找回來，」

艾崔斯特嘆了口氣，有些無奈地說：「好吧！」

這時，審判開門進來了，手上端著熱呼呼、香噴噴的魚肉粥，粥裡還撒上一大堆香菜。

「幸好你總是不會忘記幫我撒香菜。」我話剛說完，審判就是一愣，我笑著說：「沒錯，我可以看見你了，須要測試嗎？」

審判走過來，一手拿著碗一手拿著湯匙，我準確無誤地接過這兩樣東西開始大吃特吃。

吃粥的同時，我也沒忘記偷偷觀察審判的表情，他的表情放鬆了許多。

這時，教皇和艾崔斯特討論起魔法理論，這可真難爲艾崔斯特了，他一邊和教皇討論高深魔法，一邊還得用擔心的表情不斷看看我和審判。

「教皇，你要討論魔法就去你的書房討論，別在這裡講一堆我聽不懂的話，影響我的食欲！」

教皇聳了聳肩，當眞拉上艾崔斯特就要離開房間，我連忙喊了句「把斗篷披上」，艾崔斯特才急急套上斗篷，幾乎下一秒，他就被教皇拖出去了。

看來，教皇對艾崔斯特的魔法知識相當感興趣，連對方是名黑暗精靈都可以忘記，幸好我還記得這件事，不然教皇和黑暗精靈有私交的事情要是傳出去，又得花一番工夫收尾。

我吃著粥，審判似乎沒有離開的意思，就這麼安靜地站在一旁。

在我吃得差不多的時候，他才開口說：「我不是有意那麼說。」

我吞下最後一口粥，故作不在意地說：「我知道，別在意，我只是不明白，爲什麼永恆的寧靜會讓我變成另一個人，而你——」

「這件事情交給我去查！」

審判打斷我的話，接過空碗，語氣堅定。

「你好好休息，別再插手這件事情，最近如果要出聖殿，記得至少要帶上大地和白雲。」

說完，他毫不留情就轉身離開，關房門的動作輕，但極快，似乎一點都不想讓我有機會開口說話。

雖然再快，我仍舊可以開口喊住他，但審判的種種舉動已經說明他並不想回答我任何問題。

我看著關上的房門，輕輕地把沒有問完的話說完。

「而你……是不是知道什麼事情，卻沒有告訴我？」

當然，沒有人會回答我。

♣♣♣

雖然想去調查審判到底瞞著我什麼事，但接下來的幾天我根本一刻都不得閒！

葉芽城內的不死生物層出不窮，簡直像是在開嘉年華會似地，少見、不常見、一輩子都見不到的不死生物通通都跑出來見人啦！

這情況連國王陛下都爲之震怒，我除了率領太陽小隊到處狙殺不死生物，不時還得進王宮去被國王逼問不死生物趴趴走的原因，以及解釋何時才能解決這個問題。

我既不知道原因，更不知道該怎麼解決，當然只能敷衍國王了，不過現在的假豬國王可不是以前的眞豬國王，隨隨便便就可以敷衍過去。

基本上，他根本沒在聽我那一長串充滿光明神的敷衍，只丟下一句話：「一週內解決，不然明年就別想從我這裡拿到一毛錢。」

雖然民眾的奉獻才是神殿最主要的收入，不過我記得教皇說過忘響國王宮的奉獻因爲是固定金額，所以都用來支付神殿一些必要支出，例如伙食費之類的。

如果我讓國王找到藉口一年都不給錢，教皇說不定會叫聖騎士自己去打獵餵飽自己。

說到底，國王這傢伙搞不好根本就很高興不死生物趴趴走，好讓他有個藉口不給錢，反正在聖騎士的狙殺下，這些不死生物連個傷亡都沒能造成。

在這團不死生物嘉年華混亂中，不幸中的大幸是葉芽城的民眾沒有受傷，而且一點都不恐慌。

我在城內四處巡邏，時不時就用聖光轟死一隻躲在陰暗角落的不死生物，但卻不敢再用大範圍的感知能力和聖光箭狙殺，若是再被攻擊到失去感知就不好了。

不時有路過的民眾送來鼓勵，看見我殺死一隻不死生物，他們就鼓掌大叫再來一次——喂喂！再來什麼？你們是希望再出現不死生物嗎？

在鼓掌聲中，我感知到一隻不死生物從水溝爬出來，撲向一名年約五、六歲的小男孩，當我正要發出聖光擊殺時，那個小男孩居然二話不說就抓起自己的玩具小馬，朝不死生物的頭打下去——聖殿是不是眞的把葉芽城的民眾訓練得膽子太大了一點？

不死生物被玩具小馬打得撲倒在地，我的聖光隨後把它轟個粉碎。

「眞是勇敢呢！」

我蹲下來摸著男孩的頭，雖然內心更想痛罵這個不知死活的小傢伙，還好這隻不死生物眞的很弱，不然一隻玩具小馬是能打死什麼東西？

但身爲笑容滿面的太陽騎士，我不得不帶著笑容說：「光明神會以你爲榮。」

我摸著小男孩的頭時，大地和白雲也回來了，剛才他們兩個追著一隻速度挺快的不死生物離開，速度快得我來不及跟他們約地點碰面，只得站在原地被民眾圍觀，順便等他們回來。

我一邊對民眾微笑，一邊蠕動嘴唇抱怨：「怎麼這麼慢！」

「突、突然遇上另一團不死生物，正想攻、攻擊一些少女。」大地義憤塡膺地說：「居、居然攻擊少女！眞、眞是太可惡了！」

攻擊老人家就不可惡嗎？我白了大地一眼。

「太陽感覺到不遠處仍有不死生物橫行！」我皺起眉頭，對大地和白雲低喝一聲：「大地兄弟、白雲兄弟，隨我前去剷滅黑暗！」

兩人領命後立刻跟著我走。

大概是太陽騎士難得臉色嚴肅，所以圍觀民眾也乖乖讓開路，讓我們三人能夠順利離開。

走了一小段路，前後左右都沒什麼民眾時，大地有點懷疑地問：「眞的有不死生物？你該不會只是想逃走，所以故意騙那些人吧？」

「光明在上，我作為太陽騎士怎麼可能騙人！」我嚴肅地回答：「反正總會遇見不死生物的！」

「……」

話說完，才走了沒幾步路，果然又出現不死生物，幸好仍舊是一些實力不強的。

「到底是怎麼回事，哪來這麼多不死生物？」大地不解地說：「就算有個死靈法師在城裡，他召喚這些沒用的東西幹嘛？」

這也是我最疑惑的地方，死靈法師潛進葉芽城本來就是非常危險的事情，這裡可是光明神殿的大本營，這名死靈法師不好好躲藏，卻還大搖大擺地召喚出一堆不死生物。

這也就算了，或許這名死靈法師只是自大到想要挑戰光明神殿，不過他召喚出來的東西卻都是些沒什麼實力，連五歲小孩也可以打扁的不死生物。

能夠在葉芽城召喚出數量這麼多的不死生物，這樣的死靈法師應該不會只能召喚出這種低等級的不死生物才對，他這麼做的目的到底是什麼？

大地驚呼：「太陽，有兩隻不死生物朝不同方向跑了！」

「兩隻？那剛好。」我懶洋洋地說：「你們兩個各追一邊，我在這裡等你們回來。」

「你可以再懶一點！」大地惡狠狠地瞪了我一眼，但還是認命地追上去，邊追還邊朝我大喊：「你給我乖乖待在這裡不要動啊！不然我就告訴審判，你又甩開我和白雲，然後你就準備再被關上幾個月……」

後面的話，因爲大地已經離得太遠，我沒聽清楚他說了什麼。

我背靠在牆上悠閒地等他們回來，從懷中拿出寒冰之前給的小袋子，小心翼翼地從裡頭拿出一顆藍莓巧克力，順便數數袋子裡到底還剩下幾顆，這一數差點讓我哭出來，只剩下十三顆巧克力，這教人怎麼撐過一個月？

就算審判答應把他的甜點給我，但他的甜點都是特別不甜的口味，比起我這些特別甜的巧克力，吃起來可差多了！

我把巧克力丟進嘴裡含著忍住不吃下去，正想收起小袋子時，一個東西突然竄過去，我手上的小袋子居然不翼而飛！

不死生物大膽到這種地步？我氣得聚集大量聖光，但下一秒卻又愣住了。

那黑暗生物居然是一匹黑暗屬性的馬，嘴裡叼著小袋子，而且我珍貴的小袋子已經有半個都被含在牠嘴裡了。

我氣炸了，低吼：「小白，把我的巧克力還我！那是我這個月的精神糧食！你敢吞下去，我就敢用手上這團聖光把你轟成一團黑渣渣！」

小白鬆嘴把小袋子放在地上，還很委屈地叫了兩聲。

見狀，我有點放鬆下來，這匹馬就跟我剛遇見牠的時候一樣，又貪吃又膽小，甚至還很聽我的話。

我散去聖光，感知確認周圍沒人後，偷偷聚集一點暗屬性用來引誘小白。

「過來吧！小白，來吃東西，是你最愛的暗屬性，你想吃多少都有喔！」

小白心動了，牠在原地踏踏蹄子猶豫不過三秒，就一步步踏過來，牠走得越近，我越能感覺到牠豐沛的暗屬性，幾乎無雜質的黑暗屬性，甚至比羅蘭更純淨，如此美麗，幾乎就和永恆的寧靜一樣美，如果能擁有這兩者，那……

看著小白低頭舔食暗屬性，我勾起一抹微笑。

「隊長！」

聽見喊聲，我立刻收起微笑感知周遭，發現亞戴爾正跑過來，我連忙想叫小白藏起來，但一感知，哪裡還有小白的蹤跡，牠居然又瞬間不見了。

但小白突然不見也不是第一次，我若無其事地站在原地，看向亞戴爾跑過來，說道：「亞戴爾，你這麼慌慌張張做什麼？一點聖騎士的風範都沒——」

話還沒說完，亞戴爾卻打斷我的話，急急地說：「聖殿傳來緊急消息，審判騎士長受了重傷，需要您立刻回去！」

審判……

受了重傷？

這怎麼可能？

♣♣♣

我急忙衝回聖殿，一踏上階梯就嚇了一大跳，階梯上灑滿一堆充滿水屬性和少許金屬性的液體，一路延伸到聖殿裡……那全是血！

我走過聖殿門口的兩名守衛聖騎士，那兩人看起來表情慌張，一副驚魂未定的模樣，恐怕就是不死生物進攻聖殿，他們都不會出現這種表情。

然而審判騎士受重傷的確是比不死生物進攻聖殿還不可思議的事情。

走進大廳，廳中一大灘的水屬性更讓我整個人都嚇傻了。

這麼多血？全都是審判的血嗎？他到底受了多重的傷……

慌亂之下，我發現周圍正在清掃血跡的聖騎士中有個熟悉的身影，那是審判的副隊長！我立刻高喊：「雷達！過來！」

「是維達。」維達帶著無奈的表情走過來，行禮後問：「太陽騎士長，請問——」

我拉住維達的領子將人拉近一點後，惡狠狠地問：「審判騎士長呢？」

維達有點呼吸困難地說：「審、審判騎士長回他房間休息了，他受傷太重……」

受傷太重？我丟開維達，立刻朝審判的房間走。

維達追上來，著急地說：「請等一下，審判長已經休息了，請不要去打擾他，他受的傷真的很重，祭司特別交代說雖然外傷治好了，但失血過多須要休養。」

我停下腳步，回過頭去冷冷地問他：「你確定他真的在休息嗎？」

維達愣了一下，隨後露出非常擔心的表情，用拜託的語氣說：「您說的對，麻煩您去勸勸審判長，讓他多多休息，不要太過操勞。」

看見他的擔憂表情，我還真有點同情維達，原來上司太認真，下屬也是會很煩惱的，幸好我不太認真，所以亞戴爾完全不須要煩惱我會太操勞之類的事情，他可真是幸運。

我對維達點了點頭，他才鬆了口氣，繼續指揮眾人清掃大廳中的一團混亂。

我一路馬不停蹄地衝到審判的房門外，雖然不須開門就感知到門後的人活得好好的，而且還坐在桌子前面在改公文！

受重傷，流了一大堆血，被祭司說要休養的人，居然這個時間還在改公文！這傢伙是工作狂還是不要命？

我連敲門都省了，直接把門踢開後走進房間，深呼吸一口氣，大吼：「你不要命了嗎？現在還改什麼公文，快躺到床上去睡個三天三夜！」

審判轉過身來，笑了一笑，說：「是大夥太緊張了，我受的傷並不是很重，教皇陛下已經幫我治好了。」

都出動到教皇了，還能不是很重的傷？

我懷疑地問：「那你告訴我，教皇用了什麼等級的治癒術？別想瞞我，反正我很容易就可以打聽到答案。」

審判沉默了一下後說：「一個終極和一個高級治癒術。」

聞言，我倒吸了一口氣。

治癒術這種神術，教皇和我施展起來的威力是差不多的。之前寒冰和烈火在龍洞受傷時，我也不過各施展一個終極治癒術就把他們治好，審判居然還多了一個高級治癒術，顯示他受的傷根本就不是什麼輕傷！

「是誰傷了你？誰有那種實力把你重傷？」

我既難以置信又十分憤怒。

居然有人能重傷審判？

竟然有人敢在葉芽城對審判騎士動手！

審判避重就輕地說：「我在調查一些事情，不小心疏忽而已。」

我立刻大喊：「不小心疏忽什麼？聖殿哪個聖騎士不知道審判騎士最謹慎小心了？別敷衍我！」

「我很好！沒事！」審判瞪著我，反問：「不是只有你才有受傷回聖殿的權力吧？」

「……」

審判放鬆神情，勸說：「我真的沒事，我們是聖騎士，受點傷只是小事情，你太緊張了。」

我太緊張？我咬牙切齒地想，你怎麼不去跟維達和門口的守衛聖騎士說？他們都快嚇死啦！

審判開口問：「不死生物的事情解決了嗎？」

「沒有！」

明知審判在轉移話題，但我卻不知道該不該繼續追問，他顯然不會輕易鬆口，我只能煩躁地搔頭說：「城內肯定有死靈法師，但是我沒辦法用感知來找他，只要一感知，似乎就有人在干擾我，而且……」

我猶豫了，不知道該不該把小白頻頻出現又消失的怪事告訴審判。

「而且什麼？」

審判很冷靜地詢問，其實我本來也沒打算瞞他，但一想到他不知道瞞了我什麼事情，我就滿肚子火氣！

我懷著滿腔怒火，故意用冷淡的語氣反問：「而且死靈法師是我的職責，不須要跟你報告吧？」

「是不須要。」

審判也冷下了臉，用公式化的語氣回應：「但願在葉芽城橫行的邪惡生物早日嘗到光明神的嚴厲，爲此，您眞的該努力了，太陽騎士長。」

說完，他回過頭去，居然還繼續改公文，完全不管別人叫他去休息，眞是氣死我了！

我、我要去告訴維達，不對，要告訴全審判小隊，讓他們集體來關心一下他們的隊長！

我轉身離開房間，走沒兩步，房內就傳來審判的叫喊：「順便帶話給維達，我讓他去幫亞戴爾改公文，叫他不用過來了，不然你也可以自己去改公文。」

可惡的蛔蟲！我忍不住一拳頭捶在牆壁上——幹！好痛。

我抱著拳頭蹲在地上，開始跟光明神懺悔自己的愚蠢行爲。

「你是白痴嗎？」

頭頂上傳來大地冷冷的聲音：「沒事幹嘛跟牆壁過不去？你以為你有審判的鬥氣還是有魔獄的不死拳頭？」

「我有用不完的聖光！」我瞪了他一眼，順便施展治癒術，手馬上就不痛了。

大地嘖了一聲，不以為然地說：「你幹嘛擔心審判？他自己就強到爆，手底下還有魔獄這種超強傢伙，就連寒冰也不是省油的燈，審判會怕誰來著了？」

這麼說起來也是，審判手底下真的沒什麼弱兵。

我哀傷地說：「為什麼審判底下的人都實力驚人，我底下卻只有你這種傢伙呢？」

突然發現我手底下還真的沒有實力特別強的騎士長，頂多是有特殊技能。

暴風速度驚人；白雲隱匿能力驚人；大地保護能力驚人；綠葉射箭能力驚人；烈火除靈能力驚人，但偏偏就是沒有一個實力驚人的。

「你沒聽過上梁不正下梁歪嗎？」大地冷冷地回嘴：「頂上的人連劍都拿不好，底下人會使劍，你就該慶幸光明神保佑了。」

……為什麼最近我總是被反嗆？而且還嗆得我啞口無言，完全反駁不了。

大地咕噥：「而且最起碼還有個亞戴爾，他的實力這麼強，居然會服你這個連劍都拿不好的隊長，也真是個神蹟了。」

我絕對不會跟大地說當初為了給小隊員一個下馬威，我命令他們只要聽到我的命令，不管是什麼命令，他們都要絕對服從！

然後，我就下了個全體跳懸崖的命令，結果只有亞戴爾不肯乖乖聽令，那一天，我用魔法把亞戴爾丟下懸崖再讓他回來的次數都數不清了，讓他傷了又治好又傷，最終才讓他變得這麼聽話。

不過，我一定要再說一次，自己當初挑人的眼光真是好！

我從二十多個人中挑出亞戴爾這個最頑固的傢伙，雖然他固執到逼我丟他下懸崖一百次，不過他若對一個人服氣了，也會非常固執地聽話，哪怕我下的命令再荒誕，他都會乖乖去做。

所以亞戴爾其實是經過後天調教才能變得這麼聽話，真正天生聽話的人其實是白雲，他根本不須要教，只要一本書上面寫著「乖乖聽太陽騎士的話」，他就跟亞戴爾一樣聽話了。

想到白雲，我心中突然有了主意，高喊：「白雲！你在哪！」

「在這。」

我嚇了一大跳，但隨後就發現大地也嚇了一跳，這讓人感覺好多了，果然不是自己膽子太小，而是白雲的隱匿能力太強。

爲了避免被房內的審判聽見，我走遠幾步後對白雲勾了勾手指，等他走過來，我就嚴肅對他下令：「我要你去跟蹤審判騎士長，就從明天開始！」

白雲呆呆地看著我，似乎不明白我說了什麼。

一起跟過來的大地勉強擠出話來：「你要借刀殺人借到審判這把刀也太殘忍了吧？白雲是做了什麼，你居然要這樣虐殺他？」

「我要虐殺也是虐殺你！」

我瞪了大地一眼，認眞地請託：「白雲，這件事情就只有你能辦到了，你去跟蹤審判，然後告訴我，他去了什麼地方、見過什麼人，如果能查出是誰打傷他，那就更好了。」

最後，白雲終於還是點頭答應從明早開始跟蹤審判……雖然是含著眼淚答應的。

讓白雲去跟蹤及打聽審判到底在做什麼，順便確保他的安全，而我則下定決心要去找粉紅談談，這次就算小白出現在離我不到三步遠的地方，我也不打算再去理會牠，一切以找到粉紅優先。

在這時，這個做法看起來毫無問題，但我錯就錯在忘記審判是個今日事今日畢的傢伙。

雖然夜幕低垂，但今天的確還沒結束。

不死巫妖第六惡行

「濫殺無辜」

半夜裡，我睡得正熟的時候突然有人敲了門，我幾乎立刻醒來，因爲除非是眞的大事，否則沒有人會在半夜打擾我。

加上最近一大堆從未發生的事情接連出現，夜半敲門聲絕對不是好事！

我立刻喊了聲「等等，我穿件衣服」，但喊完的下一秒，房門整個被踹飛撞在牆壁上後歪歪斜斜地垂掛。

接下來，我只穿著一條睡褲，被孤月和堅石架出房間，帶著寒意的夜風一吹，我打了個寒顫，忍不住抱怨：「好歹讓我穿件上衣！」

堅石露出比哭還難看的苦笑，說：「你等等就會嫌我們手腳太慢了。」

「發生什麼事情？」

我開始感覺事態可能比想像中更嚴重，因爲孤月連要裝高傲這點都忘了，滿臉都是驚嚇表情。

「審判快死了。」堅石簡單扼要地說。

幹！

「在哪？」

「教皇的書房。」

不須要他們架住我，我立刻雙腳著地，三個人開始奔跑，就怕晚了一步，讓我不得不施展起死回生術。

「審判！」

我一腳踹開教皇的書房大門，只見審判躺在地上，教皇則蹲在一旁，其餘十二聖騎士圍成一圈，但他們什麼都沒做，只是看著躺在地上的審判。

我怒吼：「教皇，你在幹什麼？還不快點施展終極治癒術。」

教皇抬起頭來看著我，帶著茫然地說：「終極治癒？可是我看見審判的時候，他已經沒有呼吸了。」

我一窒，差點忘記呼吸，這時才眞的敢低頭去看審判……

他躺著，很安靜，就像是睡著了一樣。

如果不看那一身狼狽，審判看起來就像睡著了，但現在他的身下是一整灘的血，就算我看不見顏色都沒有辦法忽略。

其實一衝進書房就發現了吧？

黑暗屬性都已經開始侵蝕他了，只有死去的聖騎士才會被黑暗屬性侵蝕，只是我怎麼敢相信？

根本不願信、不能信……

「怎麼可能！他怎麼可能會——」我忍不住吼了起來：「他是審判騎士，是雷瑟．審判啊！我們之中最強的人，誰死都有可能，審判怎麼可能會死？」

周圍每一個十二聖騎士的臉色都……不是難看，甚至都不是難過，而是茫然。

其實，他們也不相信審判死了吧？根本就沒有人反應過來。

怎麼可能？雷瑟．審判耶！

但就算我再確認一百次也是一樣。

審判確實死了。

他躺在地板上，一向梳得整齊的頭髮散得亂七八糟，雙眼緊閉，表情看不出有什麼異狀，一如往常的嚴肅，真是一個即使死亡都不能讓他變表情的死硬派！

我跪下來檢視審判的傷口，他的黑袍處處被割裂，受的傷不少，但真正的致命傷應該是脖子側邊的傷口，傷口很深，但還不至於立刻死去，恐怕是失血過多而死。

「審判長！」刃金突然尖叫起來：「怎麼可能！審判長，你快醒醒，告訴他們你沒死！」

他的尖叫喚醒其他人，眾人開始慌亂了起來。

堅石喃喃自語：「葉芽城中居然有可以殺死審判的敵人嗎？最近不死生物又層出不窮……光明神啊！到底發生什麼事？難道您已經不再護佑我們了嗎？」

「審判長！」

「怎麼可能會死？」

「審判居然死、死了？」

一句一個「死」字讓我火氣上升，站起來對著眾人怒吼：「吵什麼吵？都忘記我會起死回生術了嗎？審判等等就會醒來，現在通通給我安靜一點！」

聞言，眾人總算冷靜一些，但還是個個面色驚恐，幾乎不敢相信地看著審判。

「誰帶他回來的？」

我突然想起這個問題，如果是敵人送他回來，那就得先想想那個敵人到底想幹什麼，畢竟我在施展起死回生術後，聖光會幾近耗竭，如果對方打的就是這個主意，那就不太妙了。

比起其他人的慌亂，相對之下，羅蘭比較冷靜，他開口解釋：「我的小隊這個月負責巡邏，狄倫他發現有打鬥的聲響，趕過去查看的時候發現審判躺在一幢碎裂的木屋廢墟中，他那時還有微弱呼吸，但他們沒有足夠的能力可以救他。」

大約是我聽見審判當時還活著的臉色實在太難看，羅蘭忍不住幫自己的副隊長辯解：「狄倫他們已經盡力了。」

我知道，甚至很明白這種傷勢不是聖騎士有辦法處理，哪怕那時是聖光較充沛的大地發現審判，恐怕都不見得能救下他，更何況是魔獄小隊的小隊員。

但知道審判本來還活著、還有機會救下來，如果當時我能在那裡，絕不會讓他死！

我深呼吸一口氣，不再去思考那個「如果」，事情已經發生了，抓緊時間復活審判才是接下來要做的事情。

既然送他回來的人不是敵人，那對方有陰謀的機率並不高。

我轉過頭去對教皇說：「畫起死回生術的魔法陣。」

教皇點了點頭，從書櫃中拿出一盒看起來就很貴的發光粉筆，雖然我上次復活綠葉沒用這種高級魔法物品輔助，顯然不用也可以，但教皇還是毫不猶豫地拿出來了，一點都沒有節省的意思，這讓我難得感激起這摳門的老頭。

教皇跪在地上開始畫魔法陣，而我正想開始回想過往時卻被人打斷了。

「你又要付出代價來祈求完全復活了嗎？」綠葉突然抓住我的手臂，大喊：「不要付出代價，審判絕對不會要你這麼做！」

「不然呢？」我瞪著他，怒道：「你要我賭只有四分之一的完全復活機率？賭看看審判會不會瘋掉？會不會失去一隻手？會不會瞎掉？我還有感知，如果審判瞎掉，他還有什麼？」

綠葉反吼回來：「但你也有可能會瘋掉，會失去一隻手，你已經沒有眼睛了，你還想要失去什麼東西？」

失去眼睛也是爲了你……但綠葉此時的悲痛表情讓我緊緊閉上嘴，還好來得及把嘴巴關上，我一點都不想知道這話說出去後，綠葉還會露出怎樣的表情來。

「我不會失去太嚴重的東西。」我平心靜氣地說：「如果光明神還想要我繼續當祂的太陽騎士爲祂效力，祂就不會拿走讓我無法繼續擔任太陽騎士的代價。」

「那是你猜的。」教皇咕噥：「光明神可沒這麼說。」

我惡狠狠地瞪了他一眼，他立刻低頭繼續畫魔法陣。

「可、可是……」

綠葉有點不知所措地看向其他人，卻發現不是所有人都認同他的話，刃金的表情就十分難看，如果我眞的不打算付出代價，而是直接賭那四分之一的機率，恐怕他會第一個反對。

烈火站到綠葉的身旁，大聲吼：「我反對！太陽你已經失去視力了，不能再失去東西啦。」

「審判長也不能失去東西！」刃金吼得一點都不比烈火小聲：「要是他瞎掉怎麼辦？」

「太陽都已經瞎啦！審判瞎了又怎樣？」

烈火一邊吼一邊居然揍了刃金一拳，甚至還想衝上去繼續打，暴風和大地連忙一左一右地抓住他。

被揍了一拳的刃金則是在想要反擊的時候，就被寒冰和堅石給抓住了。

除了烈火和刃金針鋒相對到拳腳相向，其他人的臉色其實也大多不太好看，溫暖好人派和殘酷冰塊組分成兩邊互相怒瞪著對方。

就連抓人的暴風、大地，以及寒冰、堅石都不例外，雖然他們各自抓住烈火和刃金，阻止兩人進一步衝突，但表情卻像是想要自己上前打架。

「好了！都給我閉嘴！」我大怒地吼：「吵什麼吵！你們以爲吵贏了，我就會聽贏的那一方嗎？我是這麼聽話的人嗎？」

十個人……不，是十一個，包括跪在地上畫魔法陣的教皇，都整齊劃一地搖頭了。

「烈火，去跟刃金道歉。」

話一說完就看見烈火露出不服氣的表情，我沉下臉低吼：「我平常是怎麼說的？你在我面前動手打十二聖騎士，一個道歉就能解決，還嫌這懲罰不夠輕嗎？」

烈火沉默下來，點了點頭，走了兩步到刃金面前，正要開口說話時……

「對不起！」刃金卻先說了這句話，他帶著沮喪的表情說：「我不是希望太陽失去什麼，我、我只是……審判長他……就是對不起！」

「對不起啦！」烈火大叫打斷刃金的結結巴巴，說：「太陽說的對，我不應該揍你！既然我們都說了對不起，就這樣算了？」

刃金點了點頭伸出手，烈火用力握了握他的手。

到此，眾人總算放鬆下來，沒像剛才那麼劍拔弩張，這時，綠葉小聲地問：「太陽，你還是打算付出代價嗎？」

我一個點頭，大家的臉色都變了，就連剛才支持付出代價換取完全復活的那一方都露出擔心的表情。

「我不會有事，放心吧。」我安慰著眾人，說：「等等審判就會醒過來，然後我們就可以去找凶手，絕對要凶手付出比死更可怕的代價！」

這話一出，眾人才真的冷靜下來，雖說是冷靜下來，大家的表情反而從「擔心」變成「恐怖」，雙眼噴出來的凶光都可以直接用來瞪死人。

「綠葉，去把我的太陽神劍拿過來。」

綠葉遲疑了一下，還是點了點頭後走出書房。

現在該開始回想了，越是讓自己充滿對死者的感情，起死回生術失敗的機率越低，尤其是付出代價祈求完全復活的方式，更是要讓光明神感受到我對於讓死者復活的決心，否則神憑什麼要幫忙呢？

想來想去，我卻突然發現自己不知道該想什麼，當然不是沒有回憶可以回想，而是太多太多回憶了，到底要從哪裡開始……

打從一開始認識審判到現在，恐怕都超過十二年了吧？

不知道當時是第幾次了，我把手帕清水和凳子遞給吐個沒完的審判小騎士後，坐在自己的凳子上，從懷中拿出藍莓麵包開始啃起來。

「你……」他偶然抬起頭來看見我的舉動，難以置信地說：「我在吐。」

我把嘴裡的最後一口藍莓麵包吞下去，才有餘力開口回答：「嗯，我有看到，吐完了嗎？肚子裡的食物都吐光了會餓吧！我還有麵包喔，要吃嗎？」

我掏出麵包，是巧克力口味的，不過因爲放在懷裡，有點被壓扁，內餡都被擠出來了，不過還是可以吃吧！

但他一看見壓扁的巧克力麵包，立刻轉過頭去繼續吐個沒完沒了。

我只好自己把巧克力麵包吃掉，這是昨天的麵包，再放下去就要壞了。

他這次只吐了一下子就停下來，我想大概是根本沒有東西可以吐出來吧。

他抬起頭來看著我，似乎有點不知所措。

「我叫作雷瑟．路斯恩……」他遲疑了下，改口說：「雷瑟．審判，謝謝……」

說到一半，雷瑟卻突然停下來不說，我也了解他爲什麼會停，因爲我是太陽小騎士，他是審判小騎士，全大陸的人都知道太陽騎士和審判騎士理念不合、各種明爭暗鬥，永遠不可能愉快相處。

我笑嘻嘻地伸出手，打招呼：「我是格里西亞，格里西亞・太陽。」

雷瑟瞪著我的手。

「反正現在沒人看見嘛！我們不用真的不合吧？只要你和我合作假裝不合就好了啦！好不好？合作愉快喔！」

我半開玩笑地說，沒期待他眞的會同意，畢竟大家都知道，太陽騎士和審判騎士水火不容，哪來的什麼合作，但是這樣說的話，他之後應該就不會眞的和我吵起來吧？

雷瑟卻是直直地盯著我看了好一陣子，最終伸出手握住我的手，緩緩地點頭，非常認眞地回應。

「合作愉快。」

那時候，我只是覺得這傢伙說話的語氣也太認眞了吧！

之後的相處日子中，我逐漸明白，雷瑟這傢伙不是只有說話語氣認眞，而是整個人都很認眞！

雷瑟當時不是在說客套話回應我，而是在對我許下一個眞正的承諾。

合作愉快，於是雷瑟和我成爲最要好的死對頭。

合作愉快，於是他總是默默地在背後支持我，哪怕我做的事情讓他說了不下一百次的胡鬧，他還是繼續支持我第一百零一次的胡鬧。

合作愉快……

我低頭看著審判，心中眞的萬分慶幸自己當初在神術大全中看見起死回生術後選擇研究數年的決定，哪怕眞的很難也沒有放棄，最後終於學下這招最重要的神術。

如果當初沒學成，如果審判眞的不能復活……

那我眞的不敢想像接下來的日子自己要怎麼獨力支撐整座聖殿？

不，沒有審判在，我眞的有辦法支撐聖殿嗎？

雖然我擅長和王室勾心鬥角，各種陰謀詭計幾乎手到擒來，但說起一般的公務，我幾乎沒有做過多少，都是審判在處理的，即使我有個公文幫手暴風，但實際眞正動手操持聖殿實務的人仍舊是審判騎士長。

「什麼合作愉快……」

我看著審判，又像訴說又像自言自語：「你總是默默地在背後支持我，雖然我不明白爲什麼你這麼多年都願意支持我，說什麼合作愉快，其實都是你在包容我……」

「不是這樣的，太陽。」

我愣了一下，這才發現綠葉已經回來了，他的手上還拿著太陽神劍。

綠葉輕輕開口說：「天塌下來也有你和審判頂著，正面來的敵人有審判擋著，但暗地裡的陰謀詭計卻是你擋下來的！審判知道，我們也知道，所以我們什麼都不怕，就是因爲有你和審判的合作。」

「太習慣有你們兩個在了呀！」暴風懶洋洋地補了一句。

「你和審判，可是一個都不能少的。」

「別失去太重要的東西。」大地抱怨：「不然審判肯定要找我們算帳，全怪我們沒阻止你，到時候我們可就沒好日子過了。」

這是我能決定的嗎？我白了他一眼，卻發現大地的表情一點也沒有開玩笑的意思，而是非常沉重的。

我環顧四周，每一張臉、每一個身影其實都陪伴我十年以上，有感情特別好的，其實也有比較陌生的……

但不管怎麼樣，我已經太習慣會有五個聖騎士站在我的右手邊，暴風、綠葉、烈火、大地、白雲；也習慣會有六個聖騎士站在我的左手邊，審判、寒冰、堅石、孤月、刃金、魔獄。

這就是十二聖騎士。

少一個，就不是十二聖騎士了。

「不只是我和審判，你們誰也不能少，一個都不行！」

我從綠葉手中接過太陽神劍，毫不遲疑地割破自己的左手。

其實根本不須要回想什麼過往，審判怎麼能死？他媽的這傢伙要是死了，我要找誰「合作愉快」去？

誰能忍受我一百多次的胡鬧——不對！我才當四年的太陽騎士就胡鬧一百多次，接下來還有十六年的太陽騎士生涯，算算總共要胡鬧超過五百次，除了審判，還有誰不但能夠忍受、甚至還默默地在背後支持？

我舉起左手，舉到審判的左手上方，任血液不斷往下流淌，口中喃喃唸著咒文：

「請以我左手之血驅動雷瑟．審判的左手……」

「也收下我的血。」

綠葉嚴肅地伸出左手，手臂已割出一道長長的傷口，血大股大股地往下流。

我愣了下，正想阻止，卻見其他人也割破自己的左手，讓血傾瀉到審判的左手上。

審判的左手就像是泡在血水裡。

我掃視眾人，再不說什麼，只繼續進行儀式，割破自己的右手，繼續唸咒文：

「請以我右手之血驅動雷瑟．審判的右手。」

審判的右手同樣泡在血中，接著是右腳、左腳……

最後，我把太陽神劍刺進審判頸上的致命傷，傾盡全力釋放大量聖光。

心中不斷懇求光明神，祈求祂把雷瑟．審判還給我，不要這麼早把他帶走。

光明神，請把審判還給我們！

如果要付出代價，就從我們身上取吧！請不要奪走太陽的任何東西！

將體內的聖光全數釋放完的過程，我似乎聽見大家的吶喊，雖然沒有人眞的開口說話，但他們的表情卻讓我毫不懷疑，他們就是在喊著這句話。

在心裡，拚命對光明神祈禱審判能醒來，而我不會被取走代價。

聖光全面清空，我感覺體內空蕩蕩，但現在還不能倒下，事情還沒眞正結束……

審判猛地吸了一大口氣，開始劇烈咳嗽。

我終於鬆了口氣，幾乎虛脫地癱下，好在綠葉及時扶住了我。

審判沒事了。

只是這次，我又會失去什麼呢？

咳了好一陣子，審判回過神來，抬起頭一看見我，表情恐怖得嚇人，他掙扎著爬起來，聲音嘶啞地吼：「是你復活了我？你又選擇付出代價？你付出了什麼……」

吼到這，他突然噤聲了，怔怔地看著我。

不只審判，其他人也全都呆愣地看著我。

但我並沒有感覺到異樣，這次到底付出什麼代價？

聽力？還在，雖然現場很安靜，不過我還是可以聽見眾人沉重的呼吸聲。

觸覺？也在，沒穿上衣讓我覺得有點涼，難不成是聲音？

我連忙開口：「怎麼了？」

嗯，聲音也還在。

審判沙啞地說：「你、你的頭髮……」

我下意識摸了摸腦袋。頭髮？還在啊！

嚇死我了，還以爲自己變成光頭了，但頭髮還是好端端地束在腦後，又軟又滑，連髮質都沒有變差。

「頭髮怎麼了？」我不解地問。

暴風有點無力地說：「不要緊，比失去視力好多了，我會幫太陽調好染髮劑。」

染髮劑？我愣了一愣，有點了解發生什麼事情。

「我的頭髮變色了嗎？什麼顏色？」

該不會是黑色吧？我有點不安了。

審判強忍著顫抖的嗓音說：「白色，剛才你的頭髮從髮尾開始褪色，現在整頭都變白了。」

原來如此，難怪剛才眾人會愣愣地看著我。

對此我還眞不知該做什麼反應，雖然失去金髮，不過因爲早就做好要失去聽力或者聲音，甚至更糟糕代價的心理準備，現在卻只失去髮色，這眞的太微不足道了。

更何況，我早就看不見顏色，金色也好、白色也罷，差別並不大。

至於暴風說的染髮劑也根本就不需要，我可以直接聚集大量光屬性或金屬性，讓自己的頭髮看起來像是金黃色的，甚至還能有光暈效果呢！

「太陽……」

我聚集大量光屬性直接覆蓋在頭髮上，然後回應審判遲疑的呼喚。

「先別管我的髮色了，到底是誰對你動的手？」

審判沉默了一下，說：「一個小女孩。」

「粉紅？」

我握緊拳頭，如果是她，即使認識再久、情誼再深，竟敢對審判動手，我這次絕對不放過她！

審判卻搖了搖頭，說：「我見過粉紅，不是她。」

「紅詩？」

「不清楚，我沒見過她。」

「一定是她！」

我可以說有九成九的把握，能夠殺死審判的小女孩除了她和粉紅，還會有誰！甚至連小白都出現了。

「你剛復活，應該要多多休息。再回答我一個問題，你就好好休息吧！」

審判點了點頭。

我深呼吸了一口氣，用逼問的語氣說：「你半夜出門做什麼？你下午才剛被打成重傷，晚上就又跑出門，有什麼事情重要到讓你連命都不想要了？」

話出口，審判瞬間變了臉色，但問題問完，他卻沉默不語，當他有想開口跡象時……

「別騙我，你瞞不過我！」

我先一步搶話警告。

審判看著我許久，終於開口：「追捕罪犯。」

我死盯著他，他沒有閃避，但是我知道！我就是知道！這該死的傢伙在騙我！

「可能你剛復活，記憶有點混亂，我再給你一次機會，你要不要改答案？」

審判沉默一陣，堅決地搖頭。

「很好。」我一字一頓地說：「你被關禁閉了。」

「羅蘭！」

羅蘭嚇了一跳，反射性地喊：「我在！」

「把審判騎士長拖去禁閉室，一步都不准他踏出來！」

羅蘭一臉震驚，有點不知所措，其實不只他，其他人也通通一副呆愣樣。

我沒空理會他，下完命令就改喊另一個人：「教皇陛下。」

「啥？」教皇嚇了一大跳，警戒地反問：「不是要關我禁閉吧？」

「關你做什麼？我去睡一會兒，你先準備一下，等我醒來就教我無形的攻擊法！」我惡狠狠地說：「這次，我一定讓紅詩那傢伙死個透徹，管她是不是不死的巫妖！」

教皇有點擔心地說：「太陽，你冷靜點。」

他用眼尾瞄了審判一眼，說：「審判騎士長也累了，你們都先去休息，禁閉什麼的等你們休息好再從長計議……」

「閉嘴！」我轉過頭去，怒吼：「羅蘭，你在幹什麼，還不把審判拖去禁閉室。」

羅蘭完全不知所措，他無助地看看其他人，似乎想從別人身上得到該怎麼做的答案，但每個人都呆住了，根本沒有人可以給他一點指示。

見狀，我聚集水屬性，將它們宛如鎖鏈般纏到審判身上，隨後將水反覆結凍，最後變成堅韌的冰之鎖鏈將審判牢牢鎖住，就像之前困住安公主那樣。

但當冰鏈完成，我的腦袋好像突然空白了一下，等到再次有意識時，已經倒在地上，只是上半身還靠著綠葉，沒有跟地面進行全面接觸。

大家都圍在周圍，關切又擔心地問：「太陽！你沒事吧？」

人群後方傳來教皇涼涼的語氣：「剛施展完起死回生術，就用這麼強大的疊合魔法，還沒去見光明神都算在沒事的範圍內啦！」

「抓審判去關禁閉！」我咬牙說：「難道你們想看他再次半夜溜出去把自己搞死？」

這話一出，羅蘭還是沒有動作，反而是刃金和烈火互看了一眼後衝到審判旁邊，被冰鏈鎖住的審判就像尊冰雕一樣，只能被刃金和烈火一左一右扛起來。

到現在，他才真的難以置信地問：「等等，你真的打算關我？」

我冷冷地說：「不想被關？那你就說清楚到底隱瞞什麼事情？」

我一問，審判又是沉默不說話，真是氣死我了！他到底偷偷在做什麼？又有什麼事情是不能告訴我的？

這時，旁邊傳來竊竊私語——

「總覺得哪裡怪怪的？」

「這畫面好像有點不協調。」

大地嘖嘖兩聲，說：「顛倒了嘛！逼問的人應該是審判，太陽才是那個沒事把自己搞得半死、還什麼都不肯說的人啊！」

「欸對喔！」眾人恍然大悟。

「……」

噗！

審判竟然笑了出來。

「還不拖走！」

我面無表情地下令後，感覺不是很放心，又仔細吩咐：「羅蘭、烈火和刃金你們三個負責看守審判騎士，禁閉室暗門記得鎖好，如果不知道暗門在哪裡就去問亞戴爾。」

「等等！」審判臉色大變，低喊：「太陽，我有很重要的事情要去辦，你不能真的關我，我——」

我一發狠，打斷他的話怒道：「帶走！」

「太陽！」審判低吼，我轉過頭去，完全不去看他。

審判被帶走後，現場氣氛瀰漫著不安，眾人臉色沉重。

暴風甚至掩面悲泣：「你可不可以把我一起關進禁閉室？我不想連審判的公文都要改，嗚嗚嗚……」

大地上前拍拍暴風的肩膀，不知是勸告還是落井下石：「算了吧！你就算被關進去，也只是改成關在禁閉室改公文而已。」

「不要說出來！」暴風真的哭了。

不死巫妖第七惡行

「毀壞他人名聲」

我再次醒來的時候，一感知，差點沒被嚇死。

綠葉這傢伙居然趴在我床邊哭，雖然只是低聲啜泣，但也夠嚇人了。

我從床上彈了起來，大叫：「發生什麼事？該不會審判又半夜溜出去把自己搞死了吧？」

「太陽？」綠葉猛地抬起頭來，大叫：「太陽，你終於醒了！太好了！」

終於醒了？我有點明白綠葉在哭什麼，看來自己又睡得太久，嚇得他以為我可能快去見光明神了。

「我睡了多久？」

「五天。」綠葉說完，還特別強調：「睡得一動也不動，大家都快嚇死了，輪班看守你，還決定一有異狀就要去通知教皇。」

我點了點頭，稍微聚集光屬性，嗯，聚集屬性能力沒有問題。

從床上緩緩起身，再站起來走了幾步路活動筋骨，剛開始還有點手腳僵硬，果然是睡太久，睡五天也真的是太久，難怪綠葉趴在我床邊哭。

除此之外，倒是沒有感到什麼異狀。

「除了頭髮變白以外，我的外表還有什麼問題嗎？」

綠葉仔細打量我一番，搖了搖頭。

我聳了聳肩說：「那我應該沒事了，可能只是太累，所以才睡那麼久。我好餓，綠葉你拿點東西給我吃好嗎？」

綠葉點了點頭，轉身推門出去。

沒過多久，卻是大地拿著食物回來，手裡端著一碗魚肉粥，沒有加香菜！

我哀怨地接過那碗粥，抱怨：「下次記得幫我加香菜。」

「香菜？」大地想了想，問：「乳白色，一顆顆要剝皮，吃起來很辣的那個東西？」

「那是蒜頭，算了，你還是什麼都不要加。」

我怕吃完大地調味過的粥，可能會直接躺下去再睡五天，還不一定能醒來。

「你一邊吃一邊聽我說，這五天發生了一點事情。」大地邊說邊坐到床邊。

我點點頭，一邊吃粥一邊聽他報告。

「沉默之鷹被軟禁了。」

噗！我一口粥噴了出來，難以置信地看著大地，但後者看起來一點都不像在開玩笑。

我連忙問清楚：「誰軟禁他？」

「我們。」

「你們!?」我嚇得說不出話，結結巴巴地問：「你、你們為什麼軟禁沉默之鷹？他可是渾沌神殿的主事者，難道想挑起戰爭嗎？我就睡了五天而已，就算你們再怎麼胡鬧，也不要在五天之內就掀起兩座神殿的大戰啊！審判呢？他沒說什麼嗎？」

「審判也睡了三天。」大地聳聳肩說：「他醒來時，沉默之鷹已經被我們關了。」

我目瞪口呆地看著他，大半天才勉強擠出話來：「你們到底爲什麼關他？」

「爲了保護他。」

我愣住了。關他是爲了保護他？

大地點頭解釋：「因爲最近城內的不死生物數量在神殿打擊下一點都沒有減少，驚動到國王陛下，他們派出伊力亞來神殿質詢，還把所有問題都推到來作客的沉默之鷹身上，說是他搞的鬼，所以要帶他去調查。沉默之鷹不肯被帶走，還放話說除非你親自出面要他走，皇家騎士和渾沌神殿兩方僵持到都快打起來了。」

「這麼嚴重？那你們爲什麼不叫醒我？」

大地瞪了我一眼，沒好氣地說：「你以爲叫得醒嗎？你和審判都睡得像死人一樣，要不是還有在呼吸，恐怕綠葉和刃金早就哭死了。」

說眞的還眞沒感覺有人叫我，只是躺下去睡覺後醒過來，跟平常只睡一晚的過程差不多，完全不像睡了五天那麼誇張。

「那時你和審判都在睡，教皇根本不管這種事，沒人說話夠分量，所以我們只好跟伊力亞說這是神殿之間的事情，我們會負責關押審訊他。」

大地聳聳肩說：「沉默之鷹本來氣得像是要拔劍殺出去，但我們搬出你的名字，他是有點心不甘、情不願，不過還是乖乖被我們帶去關。」

原來如此。

我想了想，這確實是當時最好的處理辦法，只要承諾神殿會關押沉默之鷹，伊力亞多半就不會再為難神殿；而沉默之鷹嘛，不知道為什麼這傢伙一直十分聽我的話，用我的名義把他軟禁在聖殿，他還真的很有可能接受這安排。

只是，其他人不知道伊力亞其實是……應該說曾經是魔獄騎士，也不知道沉默之鷹為什麼會這麼聽我的話——是說我自己都不知道為什麼了。

在這種一無所知的情況下，大家竟然能夠採取這樣的做法，實在是不簡單了。

我誇了句：「處理得不錯。」

「那還用說！」大地驕傲到抬高下巴，得意洋洋地說：「審判醒來以後也這麼說，不過他不肯說下一步該怎麼做，要我們放他出去，他才肯處理事情。」

「你們該不會真的放了他？」我危險地瞇起眼睛。

「沒放！」大地立刻否認，訕訕然地說：「烈火、刃金和魔獄都一副要踩過他們屍體才能放人的樣子，誰敢去放人啊！」

我點了點頭，這樣我就放心多了。

想起審判，我就忍不住抱怨起他最近的舉動。

「眞不知道審判瞞了我什麼事情，如果他肯說清楚，事情就變得簡單多了，眞是的，有什麼事情連我都要瞞？瞞著我也只是害我要查的事情又多了一件——」

「你跟審判都一樣！」

我一愣，大地突然激動地抓住我的肩膀，低吼：「什麼都不肯說，把事情全攬在自己身上！是怎樣？我們這麼不能相信嗎？還是我們嬌弱得像公主一樣，還要靠你們兩個偉大的騎士來保護？」

「大地，你說得太誇張了吧！我沒有要自己全部扛下來。」被他這麼激動地一吼，我有點慌亂地澄清：「只、只是有些事情，我想自己解決而已。」

「有些事情？你仔細想想，這一年來你到底瞞了我們多少事情？」大地咬牙說道：「現在連審判都這麼幹了，如果你和審判兩人要把所有危險的事情都做完，乾脆把十二聖騎士改成兩個聖騎士，其他人都不用啦！你覺得怎麼樣？啊？」

我啞口無言，當然不好，但卻又有點難以反駁，我確實瞞著他們很多事，但這是爲了……

「我只是不想你們受傷而已。」

這時，房門被輕輕推開。

門口站著其他人，所有人。

他們靜靜看著我，每個人的表情略有點不同，有氣憤、有擔憂，但最多的卻是不甘與忿忿。

我突然想起來，每次戰鬥的時候，自己束手無策只能躲在他們背後，那種被眾人重重保護，什麼事都不須要做，自己根本不會受傷，只能眼睜睜看著其他人受傷的感覺——眞他媽的難受得要死！

被欺瞞被保護的事情，審判只對我做了一次，我就這麼氣得要死了，而自己到底對大家做了幾次？

到底在想什麼呀！

我跌坐在床沿，把頭埋進雙膝之間，懊惱不已。

說什麼誰都不能傷害十二聖騎士，結果眞正傷害他們的人根本就是我自己！

「太陽，你沒事吧？」綠葉衝上來，一臉擔憂。

「你別想太多，先休息吧！」暴風的聲音也跟著響起。

「我都睡五天了，還休息什麼。」我悶悶地說。

抬起頭來，我掃視眾人一圈，緩緩開口說：「其實我知道的事情也不多，紅詩不知爲什麼出手害我，但我根本不認識她。沉默之鷹更是莫名其妙地崇敬我，雖然理由是我打敗過他，但是我總覺得一定還有更重要的原因……」

我開口說明這段時間以來的事情，一開始，大家有點措手不及，不知該做什麼反應，不過隨著我越說越多，他們突然明白我在做什麼，表情認真又高興，一個個神色簡直像在發光似地。

這讓我更加確信，自己早該這麼做了！

即使如此，我途中還是猶豫好一陣子，才鼓起勇氣把魔王要誕生在葉芽城的事情一五一十地交代清楚。

說完後，還有點擔心大家會惱火，畢竟這麼大件事情我居然瞞著他們，也實在太不應該了——等等！

居然沒反應？連表情都沒怎麼變，難道是嚇到呆掉了嗎？

「是不是太刺激了？」我小心翼翼地問。

「刺激？」大地愣了一聲，懷疑地說：「凱亞斯大陸上還能有比你把審判抓去關禁閉更刺激的事？」

大地這話一出，眾人都點了頭。

我把審判抓去關禁閉——對啊！這世界上根本沒有比這個更嚴重的事情嘛！

我的光明神呀！我現在才眞的明白自己幹了什麼好事！

我把雷瑟．審判抓去關禁閉啊！

雖然他現在被關著，沒辦法來報復我，不過我總不能關他一輩子，他不久後就會出來，到時候，我、我……

我大聲哀號：「我死定了！這次一定死定了啦！」

眾人都表情沉重地點頭，大地拍拍我的肩膀，安慰道：「你眞的死定了。不過我要說一句話──幹得好！你這輩子就這次最有種、最像個男人！就是之後被審判砍死也值得了！」

去你的値得了！我才二十四歲，一點都不想現在就去見光明神！

沒關係，之後跟審判說清楚，他會原諒我的，應該……大概吧？

我深呼吸好幾口氣，好不容易才從各種被審判砍死的恐怖幻想中脫離出來，環視眾人。

我知道該怎麼做了。

「這次的事件有點難，我一個人實在有點做不來……」我小小聲地說：「你們願意幫我嗎？」

「什麼？」大地故意高聲喊：「你說什麼？太小聲了，實在聽不到啊？」

「幫我。」我稍微大聲了一點。

「啊？還是聽不到啊！」大地又抬高音量。

「幫我啊！」我大吼：「夠大聲了沒有！」

每個人都笑起來，紛紛回答「夠了」、「勉強啦」，還有幾個認真回答「當然會幫你」。

我有點惱羞成怒地轉過頭去，等大家停下笑聲，才重新看向他們，開始分派任務。

「暴風，在審判被關禁閉的這段時間，聖殿的運作交給你來穩住，我會派亞戴爾和維達去幫你。」

暴風露出哀莫大於心死的表情，但還是認命地點了點頭。

「堅石你去和國王說明狀況，別糊弄他了，現在的假豬國王根本糊弄不得，直接跟他說實話吧！就跟他說，我們發現有隻巫妖潛伏在城內，我親自出手率領聖騎士全力追捕，在查明真相之前，我們不會讓沉默之鷹離開光明神殿，叫他別試圖甩事情到人家頭上，渾沌神殿和基辛格王國可不是好惹的。」

堅石也是長年處理外交的人，十分乾脆地應下了。

「寒冰、孤月，你們共同負責這個月的城內巡邏，多帶一些聖騎士組成巡邏隊伍，隊伍人數不能太少，至少要確保每隊一定都有兩名以上的劍術和神術高手。」

寒冰點了點頭，孤月……要一個長期罹患脖子僵化症的傢伙點頭，是有點強人所難，所以他眨了眨眼當作點頭。

「大地、白雲，你們這段時間跟著我去調查。」

大地只是「嗯」了一聲。

白雲從房間角落出現，無聲地點了點頭，又再次消失無蹤。

「綠葉、刃金、烈火，你們留守聖殿，還要負責看守審判，不能讓他出禁閉室。」

三個人齊齊點頭。

最後剩下沒被指派的人，羅蘭，他皺眉問：「那我的任務呢？」

「我把沉默之鷹交給你看管了，絕對不能讓他離開。」我特別強調道：「必要的時候，『什麼手段』都可以使出來，不要殺死他就好。」

收到任務後，羅蘭鬆開眉頭，十分認眞地承諾：「我明白了，一定不會讓他逃走。」

我望向眾人，高聲宣告：「讓我們十二聖騎士攜手合作，解決這次事件，讓世人知道十二聖騎士之間的情誼，以及宣揚光明神殿的威嚴！」

說完，大家只揚了揚眉，似乎對這話頗不以爲然，一點激揚亢奮的情緒都沒有。

我只好改口，惡狠狠地說：「讓我們一起把那個膽敢殺死審判的凶手找出來，送她到地獄去後悔惹了十二聖騎士！」

這一次，十二聖騎士整齊劃一地點了頭，全都露出——不對，審判不在這裡，是十一名聖騎士都露出猙獰到不像一名高尚騎士該有的表情來。

誓要將敵人搞到地獄去懺悔！

♣♣♣

我逕自走進教皇的書房，還沒進門就知道他正坐在書桌前，拿著羽毛筆不知道在寫什麼。

所以，我一邊關上門確保沒人能看見書房內的情況，一邊單刀直入地說：「教我無形的攻擊。」

教皇放下羽毛筆，露出苦哈哈的表情，抱怨：「我開始思考這是不是在自掘墳墓了，你是個聖騎士啊！一個聖騎士會這麼多高深的魔法是要魔法師都去跳龍嘴嗎？」

「反正你又不是魔法師，要跳也不關你事。」

「我是業餘魔法師。」教皇聳了聳肩。

你算是業餘，那專業魔法師都要跳龍嘴了。

「快教我吧！」我有點耐不住地說：「審判不知道被關多久後就會徹底抓狂越獄，我得在他出來之前把事情解決掉才行。」

「其實，你說的那種『無形攻擊』，正確名稱是精神系魔法，那是非～～常困難的魔法，可以說，一般魔法師是一輩子都別想學會使用這種魔法。」

說到這，教皇看著我不以爲然的表情，氣餒地說：「算了，你這傢伙和一般魔法師是一點關係都沒有。」

廢話，我是聖騎士啊！

「其實我對精神系魔法也不熟。」教皇十分坦然地承認：「我只是業餘魔法師，比較熟的魔法是和光屬性性質相近的水屬性，說到精神系魔法，我只有理論，沒有操作的能力。」

「沒關係，理論就夠了。」我毫不在意地說：「你之前說那個水凍成冰的鎖鏈是什麼疊合魔法，我連正確名稱都不知道，還不是照樣會用？」

「你可以再囂張一點！」教皇氣得吹頭紗瞪眼，隨後搖頭嘆氣地說：「不過人果然不是完美的呀！讓尼奧教導這麼多年，你的劍術還能比我這個祭司爛，也眞是不容易呀！」

「……」

他繼續落井下石，涼涼地說：「這是什麼年頭唷！聖騎士的劍術比教皇還差。」

劍術差的聖騎士瞪著教皇，周圍開始浮現大量水屬性的鎖鏈，他立刻開始解說：「其實你已經會一點精神系魔法了，就是你的感知能力。」

「感知也能算是精神系魔法？」

他點頭後更進一步解說：「魔法的基礎其實是人使用精神力去調動各種屬性，進而利用各種屬性的特質達成想要的效果，不過精神系魔法卻不同，顧名思義就是直接使用精神力，過程是不調動魔法屬性的，聽到這裡，懂嗎？」

「……不懂。」

教皇無言了下，咕噥：「一丁點理論都不懂，還能用出一大堆高深魔法，其他魔法師早該跳龍嘴了，免得看見你用魔法的方式，會活活被氣死。」

「有那麼誇張嗎？」我沒好氣地說：「我只是實用派，不是理論派而已，魔法能發出去打人就好了，我又不是眞的魔法師，還去研究理論。」

他卻搖了搖頭說：「非常嚴重，你使用魔法的方式就好像把劍當掃把拿，看起來好像小孩子在玩劍，但眞正出手時卻能一劍戳死劍術高手。」

「那怎麼可能！」我一點都不認同。

我看過的所有劍術高手只要一拿起劍，瞬間就會有一種威風凜凜的氣勢。

審判還跟我解釋過那是因爲他們處於高度戒備的情緒中，每個動作其實都是豐富的戰鬥經驗累積，保證每一招式都能隨時攻擊或防守……

他說了一大堆，總之就是要告訴我，看見那種威風凜凜的傢伙記得不要靠得太近，不然很容易被秒殺。

教皇點了點頭，說：「現在你知道我的感受了吧！」

「知道也沒用！」我理直氣壯地說：「反正我就是把魔法當掃把用，能揍人就行！快教我精神系魔法，給你十分鐘教學，白雲和烈火還在大廳等我一起出去找出殺審判的凶手。」

教皇差點氣得吐血，低吼：「人家花十年學習，你就想花十分鐘，這樣是犯規的啦！好啦、好啦，把你的疊合魔法收起來，我教就是了！」

早乖乖教學不就好了，浪費我的時間，審判等等出來了怎辦？

「其實你應該要去問艾崔斯特，我上次和他談論過魔法，雖然他也不算擅長精神系魔法，但至少比我只有理論來得好，精神系魔法和別的魔法不同，危險性很高，一個弄不好很有可能會反噬。」

「反噬？」我遲疑地問：「像我上次那樣頭痛嗎？」

「頭痛？那頂多叫作副作用。」教皇沒好氣地說：「所謂的反噬是會變成白痴！」

呃，那我還是乖乖去找艾崔斯特好了。

「艾崔斯特跟我提過他住在葉芽酒館左邊的旅館，若你的感知又出問題，可以過去找他。」

「老師也在那裡嗎？」我猛然想起來，忘記過去跟老師打個招呼，這下糟糕了！

教皇卻是搖頭說：「我問過艾崔斯特，他說只是有個任務在葉芽城，所以順道過來聖殿看看，尼奧去別的地方解任務了，沒有過來。」

老師也真是的！我不禁埋怨，學生失蹤過一段時間這種大事，艾崔斯特關心到親自跑過來看看，他自己倒是連來都沒有來。

「我知道了，現在就去找他。」

「等一等，幫我順道帶句話給他，等他給你做完精神系魔法教學記得來聖殿找我。」教皇解釋：「我有個關於黑暗系魔法的問題要請教他。」

「……你是教皇。」我面無表情地說：「應該渾身充滿聖光，跟『黑暗』這兩個字應該差得有兩座神殿那麼遠才對吧？」

教皇更冷地說：「你是太陽騎士，光明神的代言人，和『黑暗』這兩個字差得有兩位神殿騎士長那麼遠，但說起黑暗系魔法，你絕對比專修暗屬性的沉默之鷹還強上好幾倍喔？」

「……我會叫艾崔斯特過來。」

♣♣♣

回到大廳，大地和白雲早就等在那了，雖然我只看見大地，不知道白雲在哪裡，不過既然我叫他先過來等，依照白雲聽話的個性，絕對比大地來得還早。

「走了。」我說。

雖然什麼都沒解釋，不過大地連問也沒問就直接跟著我走，而走出大門的瞬間，我也「看」見白雲，雖然下一秒他就又不知道躲去哪裡了。

我們三人——雖然看起來像是兩個，走在葉芽城的街道上。

現在城內的氣氛和以往大不相同，巡邏的聖騎士和皇家騎士幾乎是以前的三倍之多，而且個個面容嚴肅、全副武裝，警戒感拉到最高。

皇家騎士嚴肅點倒還沒什麼，反正他們「臉跟盔甲一樣硬邦邦」已經不是十年二十年的事情了，那可是上百年的硬邦邦傳統！

相反地，聖騎士們可說是笑臉如太陽般燦爛，舉止溫柔如微風拂面，別號師奶殺手，可說只要是人都愛的超級小白臉——咳！我是說，聖騎士是出了名的風度翩翩，笑容滿面，溫和有禮人人都愛。

但現在連聖騎士都神情嚴肅，只要他們一經過，附近的民眾都竊竊私語，尤其是一些婦女簡直都快嚇壞了，一個個交頭接耳不知道在說些什麼驚慌失措的話。

我皺起眉頭，看來今天回聖殿時要告誡一下聖騎士，不要驚擾民眾才是。

但是城內不死生物層出不窮，我總不能要他們帶著笑容去捕捉不死生物吧？這也太強人所難，到底該怎麼辦呢……

「好帥喔！」

「真的，超帥！我喜歡右邊那個，冷冰冰的好帥！」

「左邊那個才帥，超有殺氣欸！」

在年輕女孩們的小聲尖叫中，聖騎士們的臉開始慢慢紅了起來，別說嚴肅，就是要忍住嘴角的上揚都是件很困難的事情。

……等等，現在是什麼狀況？

大地感嘆地說：「現在的年輕女孩都不要親和力高的好男人，反而喜歡冷臉酷哥，他們現在裝酷正好可以交女朋友。」

說完，他還故意瞄了我一眼後大聲嘆氣說：「估計你這輩子都別想交到年輕妹妹了，不過你可以考慮跟比你大十歲的交往看看，你這張笑臉絕對是個超級師奶殺手！」

「……回去就命令他們不准太嚴肅！」

「自己交不到女朋友就要拉全聖殿一起當處男？」大地冷嘲熱諷：「太陽騎士，你這樣對嗎？」

「我是太陽騎士，聖殿之首，我說的話就是對——啊！到了。」

我們已經站在葉芽酒館的前方。

大地抬起頭看酒館招牌，嘖嘖兩聲說：「大白天就來喝酒，太陽騎士，你這樣對嗎？」

「對你個頭，這邊啦！」

我帶著他走向旁邊的旅館，他這時才稍微有點興趣地問：「來找誰？」

「我老師。」

「尼奧．太陽？」大地愕然地反問。

我點了點頭。

「……我可以去旁邊的酒館喝酒順便等你嗎？頂多幫你偷渡一瓶酒，我請客！」

看來就算老師已經離開聖殿四年，威名卻仍舊不減，現任大地騎士爲了不想見到他，還肯請我一瓶酒！

看在酒的份上，我點頭答應：「去吧！但是別喝太多，我只是要學個魔法，等等就要找你們去做正事。」

「找尼奧．太陽學魔法？」

大地表情古怪咕噥：「你們師徒倆可是出了名的老師是劍術萬能神術白痴，學生是神術萬能劍術白痴，現在劍術白痴要找神術白痴學魔法？」

……你就不能說是「神術萬能要找劍術萬能」學魔法嗎？

「你再說一句話就跟我去見尼奧老師吧！」

我的「吧」字尾音剛落，大地就已消失無蹤，速度雖遠不如暴風，但已和白雲有得一拚。

這種傢伙居然是忠厚老實的大地騎士？

我搖了搖頭，轉身要進入旅館時，背後突然緩緩出現白雲的身影，眞跟幽靈現身沒兩樣！

我有點心臟無力地說：「白雲，你不跟大地去喝酒？」

白雲搖了搖頭說：「不會。」

「不會喝酒？那就跟我走吧！」

白雲點點頭後沒再隱身，而是跟在我背後，踏進旅館。

畢竟是去見尼奧老師，隱身很容易被誤砍的。

一走進旅館大廳，我就反射性用感知開始找人。

「太陽騎士！」

旅館老闆突然大叫了一聲後衝過來，嚇了我好大一跳，他那肥滋滋的樣子還眞像前任眞豬國王，害我一瞬間以爲假豬國王死要錢到連自己老子都派出來打工了。

我立刻擺上太陽騎士的標準笑容。

旅店老闆衝到我面前後慌慌張張地說：「太陽騎士大人，您可終於來了，好幾天前，旅館來了一名不速之客！」

我優雅地做出震驚模樣，用不敢置信的口吻低呼：「在光明籠罩的葉芽城中竟有不速之客到來？」

旅館老闆裝作要壓低聲音的樣子，還要我靠近一點聽，不過他的嗓門大概只比烈火小一點。

「他、他是一名黑暗精靈！」

「原來如此！」我露出恍然大悟的表情，微笑點頭說：「是的，而且還是一名受到光明神殿感召進而改邪歸正的黑暗精靈，感謝光明神的無私與包容！」

旅館老闆沒料到這回應，有些愣住，我趁機開始長篇大論。

「啊！雖然遙遠幽深的地底幾乎見不到一絲光亮，但光明神的仁愛無所不在，即使是被岩石阻擋、被黑暗籠罩、被邪惡包圍的子民，光明神仍舊秉持包容的心，只要對方願意懺悔罪行往後爲善，便不會拒絕其投入光明行列，這名黑暗精靈受到光明神的感召，不惜冒著粉身碎骨的危險，終於上到地表，更是進入充滿光明氣息的葉芽城，來向偉大卻謙遜的光明神致敬！」

「眞、眞是太感人了呀！」旅館老闆涕淚縱橫地說：「他退房的時候，我一定給他打八折！一定！求求您千萬別再繼續講下去了呀，客人都跑光啦！」

八折嗎？雖然我有把握可以殺到六折，不過這省的又不是我的錢，所以不用這麼努力，只要免去艾崔斯特的黑暗精靈身分可能帶來的麻煩就好。

「呵呵，格里西亞，你、你眞是……哈哈哈！」

艾崔斯特撐在樓梯扶手上，笑得連斗篷帽子都滑落下來，他的黑皮膚立刻吸引一大堆被我唸得正要落跑的客人，但這些人的表情都是好奇大過於驚恐，甚至大膽地停下腳步打量黑暗精靈的皮膚和頭髮。

「艾崔斯特，吾友，好久不見。」

我笑著走上前去，順便觀察眾人的表情，雖然大家剛看見艾崔斯特的黑膚是有點驚嚇，但有我的長篇大論在前，甚至還主動走過去後，本來想逃跑的人都偷偷坐回桌旁，擺明一副喝茶看戲的樣子。

很好，看來艾崔斯特在葉芽城應該不容易受到不好的對待了。

艾崔斯特有些疑惑地問：「不是前幾日才見過面嗎？你不記得了嗎？」

我當然記得，只是隨口寒暄幾句，讓大家知道你確實是光明神殿的友人而已。

「吾友。」我微笑著說：「雖說在光明照耀之下，黑暗無所遁形，太陽騎士也無須隱瞞任何話語，但此刻仍有些物事暫時不容旁人知曉，不知可否借一步說話？」

艾崔斯特揪起眉頭，不解地看著我。

後方，白雲開口說：「去你的房間談。」

艾崔斯特恍然大悟，我鬆了一口氣，幸好有白雲跟著來。

艾崔斯特帶著我們上樓進到他居住的房間後，我有點疑惑地看著房內的兩張床，不是說老師沒有來嗎？

「你和別人一起住？」我開口問，但心中實在不覺得有人敢跟黑暗精靈睡同一間房。

艾崔斯特愣住不解，我比了比另一張床，他才連忙回答：「不，這房間本來就有兩張床。要不要喝點果汁？我剛榨好的。」

「多加糖！」

我毫不客氣坐到桌子前，剛剛才幫艾崔斯特把房價壓到八折，一杯果汁是喝得理直氣壯。

一邊看艾崔斯特倒果汁，我一邊隨口問：「你怎麼跟老師分開行動了？一個黑暗精靈單獨行動，應該有很多不方便的地方吧？」

艾崔斯特苦笑著說：「兩個人也不見得比較方便，尼奧的個性實在太火爆了。」

這麼說也是，說不定老師在對方驚呼「黑暗精靈」時，就覺得別人是在歧視艾崔斯特，出手把人打飛了。

艾崔斯特各倒了杯果汁給我和白雲，也坐下來，好奇地問：「找我有事？想來要回寶石嗎？」

說完，他竟眞從脖子上拉出項鍊，墜子正是永恆的寧靜。

永恆的寧靜……我情不自禁地伸出手，卻突然被人抓住，我愣了一下，這才發現是白雲抓住了我。

他看著我，緩緩地放開手。

我收回手，不再注意那顆寶石，搖頭說：「我不是爲了永恆的寧靜來的。」

艾崔斯特遲疑了一下，雖然我看得出他有話想說，但最後還是什麼都沒說，只默默收起項鍊。

「那麼，你來找我是爲了其他什麼事情嗎？」

「我想學精神系魔法。」

艾崔斯特奇怪地看了我一眼，說：「你已經會了，而且用得比誰都好，我從未聽說有人可以用感知來取代視力。」

我進一步解釋：「我要學的是攻擊的方法。」

「精神系魔法的攻擊？」艾崔斯特愣了一下，表情突然變得十分嚴厲，低喊：「你打算學習精神攻擊？」

看他反應這麼大，我連忙問：「精神攻擊有什麼不好的地方嗎？」

「精神攻擊非常惡毒！」

艾崔斯特皺緊眉頭解釋：「被精神攻擊的人有很大可能性會造成永久損害，而且那種傷害沒有辦法用聖光治癒，一個不慎就會使人變成白痴，如果沒有必要，不要用那種攻擊，太陰險了！」

用地獄火直接把對方燒成一堆灰就不陰險嗎？我實在有點無法理解艾崔斯特的道德標準。

但他若不肯教我就麻煩了！

我連忙解釋：「我有個敵人會用精神系魔法攻擊，爲了抓住她，我也必須學會，就算眞的不會，至少要該學會怎麼防禦！艾崔斯特，我倆好歹是一起冒險過的朋友，你不會眼睜睜看著我因爲不會精神魔法，被對方弄成白痴吧？」

「原來是這樣，我當然不會坐視不管。」

艾崔斯特為難地皺起眉頭，說：「我對精神系魔法並不是太專精，只是學過一些用來訊問的魔法，我可以告訴你如何攻擊，可是最多只能試驗在動物上給你看，這樣的學習方式實在很危險，不能想替代方案嗎？」

「不能！」我立刻否決：「你教我就是了，別擔心，我學魔法還沒有失敗的經驗！」

艾崔斯特嘆了口氣，只能點頭同意說：「好吧！不過我得先張羅一下，找隻動物來示範給你看——」

「找什麼動物呀！」一名嗓音十分尖銳的女性聲音這麼說道：「學魔法最快的方法就是親身體會！」

「妳是誰？」艾崔斯特看向門口，非常震驚地問。

但更震驚的人卻是我！

我竟是在聽見聲音又發現艾崔斯特和白雲都看向門口時，才發現門口居然站著一個女人！那女人簡直像是平空出現的，突然就站在門口了。

如果她可以這樣突然出現在門口，是不是也有可能突然出現在我身旁，甚至讓我根本始終發覺不了她？

感知或許真的不能完全取代視力。

我第一次有了這種想法。

這時，白雲抽出劍，艾崔斯特開始聚集屬性，兩人的反應都很大，有點不太對勁，難道他們也像我一樣發現女人是突然出現在門口嗎——不對，這女人本身就有點怪，她的黑暗屬性相當高，但其實還比不上羅蘭和小白，應該不至引起兩人產生那麼大的反應。

百思不解，我只能開口問：「你們這麼緊張做什麼？她有什麼奇怪的嗎？」

艾崔斯特皺眉問：「你沒看見嗎？」

「太陽看不見。」白雲立刻回嘴。

艾崔斯特一怔，頓時有些困窘，連忙解釋：「她的皮膚是粉紅色的。」

粉紅色的皮膚！

「哎呀！才一段時間不見就忘記我啦？不過就算假裝忘掉，你欠我一大堆債的事情也不會消失喔！」

女人笑了，雖然外表十分成熟嫵媚，笑容卻有點稚氣，她嬌聲嬌氣地說：「太陽，難道你忘記親口答應我，你的身體是屬於我的嗎？」

「啊！」艾崔斯特驚呼了一聲，露出有點尷尬和害羞的表情，說：「要不要我和白雲騎士先、先出去一下？」

「粉紅！」我差點沒跳起來，大叫：「妳之前到底去哪了？我在找妳！」

粉紅居然眞的長大了！連身材都變得好大呀！

胸大、腰細、屁股翹，這眞是我看過最美的身體曲線，眞是個無懈可擊的女人——除了已經是具屍體外，眞的無懈可擊！

粉紅撒嬌地說：「眞的嗎？我還以爲你在躲我呢！結果居然是在找我嗎？我好感動喔！」

「妳變大後，個性也變噁心了。」不對！我想了想，改口：「是變得更噁心了。」

「誰讓你毀掉我的身體！你知道我多久沒當成年女性了嗎？」

粉紅收起媚態，沒好氣地說完後就一直盯著我，好奇地問：「你是打算改行當黑暗精靈了嗎？你的頭髮是怎麼回事？」

一聽到「黑暗精靈」，艾崔斯特立刻不解地問：「妳說這話是什麼意思？」

我沉默了一下，這種等級的僞裝果然瞞不過粉紅，索性撤去頭髮上的屬性。

艾崔斯特立刻驚呼了一聲。

粉紅看著我，偏了偏頭後下評斷：「太陽，不是我要說，還是金色頭髮比較適合你耶！你的皮膚太白了，一頭白髮，還穿著幾乎都是白色的衣服，整個人白得跟幽靈一樣，配色配得很糟糕喔！」

噗！聽她這麼形容，害我不由自主想像那個白髮白膚白衣的畫面，忍不住笑了出來，這三白配色確實比審判的三黑更糟糕點。

「啊！」

突然間，我的腦袋好像被什麼東西夾住，力道還大到感覺頭要爆了，痛得不由自主地叫了出來，只能死命地抱住腦袋。

粉紅用尖銳的女人聲音高喊：「別動，我只是在教他精神魔法而已，你們若是害太陽學不會魔法，可別怪我啊！」

頭痛得讓我根本沒辦法使用感知，什麼都看不見，無法知道周圍到底發生了什麼事情，但耳邊卻突然響起很多吵雜的聲音，聽起來像是戰鬥聲，該不會是粉紅和白雲他們起衝突了？

看不見也搞不清楚狀況之下，我只能反射性大吼：「住手！粉紅妳絕對不准傷我的人！」

一下子安靜下來了。

粉紅的聲音傳來：「太陽你都能把感知當眼睛用了，精神攻擊對你來說應該是再簡單不過的事，這對你來說甚至比那些快速揮舞的劍還容易『看』見呢！快想想你到底是怎麼用感知的！」

痛！痛死了，這感覺簡直像是有個大力士正用雙臂夾緊我的頭，有種腦袋快要爆掉的感覺，光是痛都痛死了，還怎麼有辦法想想——

「給我停下來，停！」

我極盡所能地怒吼，彷彿用全力吼出聲就能把頭痛吼掉，這時，我突然聽見一聲尖叫，不是自己的聲音，但不知道到底是誰發出來的，不像女人也不像男人，根本不像人類會發出來的聲音。

頭痛突然消失，瞬間巨大的反差讓我有種輕飄飄的感覺，整個人跌坐在地上，脫力般做不出反應。

「格里西亞，你沒事吧？」

直到有人抓住我的手臂才讓我如夢初醒，首先開始進行感知恢復「視力」，抓住我的人是艾崔斯特，白雲則站在我面前，他舉著刀進入「威風凜凜」狀態，只要敵人膽敢接近，保證會立刻被他秒殺。

至於粉紅，她竟然摔出房間，連房門都被撞成兩塊破木板，她坐靠著牆，上衣的一角滑下肩膀，裙子都撩到大腿上了，看起來狼狽不堪，不過除此之外，她看起來一切安好，似乎不須擔心。

比較糟糕的是房外圍滿好奇的民眾，看來是被吵鬧聲引來的，我恐怕得花一番心思來找藉口了。

這時，粉紅掩面大聲哭泣：「嗚嗚，太陽你這個大壞蛋，因為知道黑暗精靈一定不行，所以人家特地來教你怎麼做這種事情……」

這種事情？喔！是教我精神系魔法，不過這種話確實不能當眾說出來，粉紅說得含糊也無可厚非。

她哇哇大哭地抱怨：「結果你不跟我道謝也就算了，還弄得人家痛死了啦！你要負責啦！」

雖然粉紅沒有透露任何事情，而且說的都是實話，不過我總覺得這些話有哪邊不太對勁？

民眾竊竊私語的聲音傳來……

「對象是黑暗精靈，是男人都不行吧！」

「真強呀！居然做到房門都破了，到底怎麼做的啊？」

「裡面還有兩個人耶！這難道是傳說中的四……」

民眾紛紛帶著欽佩又難以置信的表情看著我。

「……」

不死巫妖第八惡行

「多起重傷害罪」

花了不少時間和精力編造藉口和謊言，也不知道民眾到底信不信。

看那些曖昧的表情，多半是不信的，眞是有種被光明神照耀也亮不起來的感覺。

不過，現在也管不得未來到底會不會有「太陽騎士搞四人行」的八卦了，眼下最重要的事情只有一件——

全力找出殺害審判的凶手！

我們換了個有門的房間，艾崔斯特還爲之前房間的慘況賠了老闆一枚金幣。

粉紅邊悠哉地喝果汁，邊問我：「你現在知道該怎麼用精神系魔法攻擊了吧？」

「……大吼？」

「吼你個頭啦！」粉紅氣呼呼地拍桌，「是用腦袋想！」

「我想不出來啊！」我要是想得出來，還要到處找教皇和艾崔斯特來教嗎！

粉紅翻了個大白眼，沒好氣地說：「我是說，用腦袋的想法去攻擊！就像你用魔法或者神術那樣，不用想太多啦！你用魔法的時候有想很多嗎？有唸咒語嗎？有想著要調用多少屬性才是對的嗎？」

「都沒有。」我老實回答。

艾崔斯特倒吸了一口氣。

粉紅一副早就看透我的表情，說：「我就知道你這傢伙根本是用身體本能在施展魔法，用魔法的方法就好像呼吸一樣自然，你總不會在呼吸之前還會先思考怎麼做吧？」

不要想太多？我想了想，正好看見粉紅舉起杯子準備喝果汁。

停下來！不准動！

我用力盯著她的手。

粉紅拿杯子的手竟眞的定在半空中不動了，我瞪大眼，難道眞的奏效了!?

粉紅的表情突然變得猙獰，她低吼的聲音根本不像人能發出來的。

「格里西亞．太陽，你敢再對我發動一次精神攻擊就試試看！」

我立刻收起念頭，不再想著要她停下來，粉紅的表情才緩和下來，但還是氣鼓鼓地重重把杯子放在桌上，整張臉臭得不得了。

我訕訕然地說：「幹嘛那麼生氣，我只是測試看看而已。」

粉紅冷哼說：「你怎麼不拿黑暗精靈和你家聖騎士試看看？」

我乾笑著。怎麼可能拿白雲來做實驗，當然也不能用艾崔斯特做實驗！

聽說艾崔斯特可是唯一能和我家老師搭檔組隊這麼久，還沒被他氣到逃走的傢伙，要是被我不小心弄成白痴，我去哪裡再找保母——我是說，找「夥伴」來還給老師。

「既然已經會精神系魔法了，我想進行大規模的感知來找出凶手。」

我看向粉紅，開口問：「妳先留在這，好嗎？如果我被對方用精神魔法攻擊了，那妳能幫點忙嗎……」

說到這邊，我就感覺這事可能不行，雖然以前常找她幫忙一大堆事情，但都是有條件交換的，現在我卻沒有什麼可以再賣給她，畢竟我連死後的自己都早就賣掉了！

粉紅瞄了我一眼，獅子大開口：「寒冰做的草莓刨冰，一百碗！」

「一百碗？妳都不怕吃到撐爆這具新身體啊？」我對她翻了翻白眼，討價還價道：「分期付款，一個月給妳二十碗，五個月付清。」

粉紅偏著頭想了想，爽快地答應：「也好，這樣就有五個月都有刨冰吃了。」

得到粉紅的承諾後，我深呼吸一口氣，開始把感知由近而遠大量地擴展出去，腦中立刻出現許多景象。

隔壁房間，女侍還在打掃滿地房門碎片。

旅館樓下的大廳，眾人帶著興奮的表情在討論，多半是在討論我並不想知道的什麼四人……

旁邊的葉芽酒館，我甚至看見大地正在旁邊的葉芽酒館喝酒。

大白天的，酒館內的人並不多，等等！坐在角落穿著斗篷的這人感覺好眼熟，但是這怎麼可能？他怎麼會在那……

我站起來衝出房間，絲毫不管艾崔斯特在背後叫喊。

一路奔到酒館，那人卻已從後門離開。

我連忙跟上去，心亂如麻，腦中除了「怎麼可能」還是「怎麼可能」四個字。

「等等！」

我一邊追，一邊朝著那人的背影大喊，但他反而加快腳步，轉進小巷弄之中。

我急忙追上去，但始終跟不上對方。

他在躲我！

眼看他離我越來越遠，我忍不住大吼：「站住！」

人還是沒有停下來，我聚集起水屬性，十來發水屬性如箭矢射出去，在抵達那人身旁時化為數條水鎖鏈，水鏈就像是有生命的蛇般纏上對方的身體，但那人可不是等閒之輩，從來都不是。

他猛地一個轉身就從水鎖鏈中閃出來，同時手上的劍揮出幾發迅速的斬擊，竟硬生生將水流斬斷，水鎖鏈斷成好幾截落地，化作一灘灘普通的水。

即使水鏈被斬斷，但拖延的這一小段時間也夠我追上對方了。

我看著他，再次聚集起水鎖鏈，密密麻麻地布在他身周，連點閃躲空間都沒留下。

這樣做，我之後的下場可能會很淒慘，但我怕他又逃走，不得不這麼做。

「敢叫我站住？」

但他終於不走了，站在原地，懶洋洋地開口說：「你的膽子越來越大了嘛！」

我啞口無言。別說「站住」了，就算是恭敬地請他不要動都是件不可能的事情，向來只有他喊別人站住，從來沒有人敢叫他站住。

誰敢叫尼奧．太陽——史上最強的太陽騎士，站住啊？

「老師……」

就算穿著斗篷，而我失去視力使用感知以後並沒有見過對方，但那種瀟灑脫卻仍舊優雅的站姿，表情自信到根本是桀驁，卻讓人完全生不起不滿的情緒，反而只會覺得這人絕不簡單，不敢等閒視之，只有我的老師能有這樣的姿態。

只除了一點不同，老師是右撇子，但現在，他握劍的是左手。

「老師，您的右手……」我突然有些喘不過氣，連聲音也微弱得快發不出來，好不容易才擠出一句。

「您的右手呢？」

他沒有回答我。

我衝上前去一把扯掉他身上的斗篷，老師右側袖子空蕩蕩的，根本沒有手臂！

他仍舊鎮定，甚至有心斥喝我道：「格里西亞，你冷靜一點，雖然是小巷弄，也不是沒人會經過，你想讓人看見太陽騎士失態的樣子嗎？」

「冷靜？您叫我冷靜？」我難以置信地低吼：「老師，您斷了一隻手！而且是您慣用的右手！」

用劍的人失去慣用手，這是能冷靜的事情嗎？

老師自傲地說：「我就是兩隻手都沒了，也照樣是史上最強的太陽騎士！」

「您的手是什麼時候斷掉的？」我亂了分寸，胡亂想嘗試挽救：「有沒有撿起來？說不定還接得回去吧？」

老師噗嗤笑了出來，說：「斷好幾個月了，怎麼可能接得回去。」

好幾個月……

「原來如此。」我冷靜地點頭，不動聲色地說：「所以那時，您和艾崔斯特把我扔在森林裡，就是爲了去找人接回手臂嗎？」

老師隨口回道：「整隻手都轟成碎片了，怎麼可能接得回去，只是不想被你發現我斷了手……」

他猛然停下話來，只是直直地瞪著我。

眞的是那時候斷的！

在我淨化完洞窟的黑暗屬性，耗盡聖光暈過去的時候，老師的手就斷了！難怪他們當時會把我丟在森林中，甚至不等我醒來就離開。

「是誰……」

「什麼？」老師愣了愣。

我怒吼：「到底是誰幹的？誰竟敢斷您的手！」

老師卻沉默不語。

「爲什麼不告訴我？」

我疑心大起。

審判有事瞞著我，沉默之鷹的態度明顯不對，而艾崔斯特甚至還騙我！他明明對教皇說老師沒有來葉芽城，但老師就在這裡，甚至還故意躲著我！

這背後是不是有什麼大事？但他們又爲什麼要瞞著我？

「冷靜點！斷了隻手難道是什麼能跟學生炫耀的事情嗎？我就是不想說而已。」

老師拍了拍我的肩，我卻不太相信這話，就算不值得炫耀，他也沒有必要特地瞞我，畢竟這事不可能瞞我一輩子，除非他永遠都不來找我。

「是誰斷了您的手？」我十分堅持要知道答案。

老師沉默了一會兒，終於有些不太自然地回答：「一個小女孩。」

又是小女孩？我立刻警覺地問：「不是粉紅，對吧？」

老師認識粉紅，當初還是他介紹人讓我認識，如果是粉紅，他不會說是「一個小女孩」。

老師果然搖頭，我遲疑了一下，還是問：「是紅詩嗎？」

他皺眉看著我好一陣子，見我沒有放棄的意思，才終於坦承：「是，是她。」

「我不知道您也認識紅詩。」

我開始越來越感到不安，紅詩牽扯到的事情比想像的還要深。

老師聳了聳肩，說：「大約十年前，我曾經砍死她……應該說，砍壞她當時用的屍體。」

「十年前？」我吃了一驚，原來紅詩在那麼久以前就出現了嗎？

老師有些不耐地說：「這是我跟她之間的恩怨，用不著你來給我抱不平。我砍壞她的身體，她砍斷我的手，將來我遲早會再報復回去，這事和你無關。」

無關？紅詩趁著我淨化完黑暗之地昏迷的時候，找上門來斷了老師您的手，她甚至可能是我失憶又無故出現在基辛格王國的元凶！

畢竟我是老師的學生，師債學生還，她會牽連上我也不奇怪。

甚至還有審判的死！

「現在和我有關了。」我冷冷地說：「紅詩殺死審判騎士！」

老師愣了一下，著急地追問：「她殺了審判？雷瑟那孩子死了？」

看見老師這麼急，我連忙解釋：「我已經復活他了，審判現在活得好好的。」

「有後遺症嗎？」他皺著眉頭問。

「沒有。」我搖頭。

老師沉默地上下打量我，帶著點不解問：「你又付出什麼代價？艾崔斯特之前告訴我，爲了讓綠葉騎士復活，你眼瞎了，現在又復活雷瑟……可我看你好像沒什麼其他地方不對勁。」

我撤掉頭髮上的屬性，又重新掩蓋起來，說：「髮色變白了。」

見狀，老師鬆了口氣，他點頭道：「髮色是小事，你別再管紅詩的事，我會處理她，連雷瑟那孩子的仇都一併討回來！」

我沉默了下，說：「好，我明白了，既然老師您不須要再避著我，乾脆回旅館去吧。粉紅也在那裡，您倆可以敘個舊，晚上您跟艾崔斯特都到聖殿來，我們一起喝兩杯吧？老師您也挺久沒喝到我釀的蘋果酒了。」

一提到喝酒，老師的臉都快發光了，興致高昂地說：「好，晚上我們就去找你喝酒。」

「那就晚上見，老師。」

我如往常般對老師行了禮，這才轉身離開，走出小巷子的時候喊了一聲。

「白雲、大地，走了！」

在我衝出旅館時，白雲就一直默默跟在我後方，大地則是在我進入酒館的時候跟上，他們倆一看見是我的老師，就識相地站到巷子外，讓我們師徒單獨談話。

巷內的老師突然喊住我：「孩子，你現在要去哪？」

我轉過身回答：「去巡邏，城內的不死生物層出不窮，這事連國王陛下都驚動了，不快點處理不行。」

聽到老師「嗯」了一聲，我才真正離開小巷。

離開小巷子十來步遠後，大地懶洋洋地說：「還要巡邏？我怎麼都不知道你有這麼勤奮？」

「我當然很勤奮，怎麼也要找出那個凶手！」我一邊說，一邊下令：「現在保護我，我要進行感知。」

白雲立刻點頭，大地咕噥了一句「就知道你沒這麼勤奮巡邏」後也點頭。

我再次擴展感知，在進行這麼多次大範圍感知後，我早就熟能生巧，現在甚至可以一邊走路一邊進行，絲毫沒有問題！

「找到了。」我揚起一抹微笑，吐出那個讓我殺意沸騰的名字：「紅詩！」

「柱子……」

什麼？

砰！

「你前面有柱子。」大地嘆了口氣：「來不及了，誰讓你撞得這麼快呢——有民眾走過來了！」

我立刻從抱頭蹲在地上的姿勢變成站姿筆直的英挺聖騎士，臉上還帶著讓人如沐春風的笑容。

大地的表情變得忠厚老實，看起來還有點傻呵呵的。

白雲……白雲不見了。

等那名民眾走過去後，我立刻再度感知紅詩的位置，一感知之下立刻怒吼：「她竟然跑了！」

「笑完就變成猙獰的表情，你是在表演變臉嗎？」大地沒好氣地說完，理所當然地說：「既然她跑了，就追啊！」

「她發現我找到她了，而且她還有匹獨角獸，我們追不上。」我皺緊眉頭，說：「糟糕，她恐怕是想逃出城。」

「獨角獸？你之前說的小白？」大地抓了抓頭，說：「看來只好回聖殿叫人來包圍了。」

「包圍……對啊！」我一個擊掌，說：「還可以包圍！她快跑掉了，我們現在就去包圍她！」

「現在？」大地沒好氣地說：「三個人搞什麼包圍？」

三個人當然沒辦法包圍，不過如果是十二人呢？

既然我可以看見城內所有人，甚至可以用精神魔法攻擊他們，那可不可以做到……傳話？

說做就做，我立刻擴展感知，找到所有十二聖騎士，按照粉紅說的話做，在腦中用力地「想」──

十二聖騎士聽令！

這時，所有人突然停下動作，不管原本正在做什麼，現在通通瞪大雙眼，有的左顧右盼，有的愣在原地。

審判是其中最冷靜的人，身在禁閉室的他甚至還搖搖頭，一副對我的行爲感到無可奈何的樣子。

別緊張，我是太陽。

大家都點了點頭，雖然表情無奈居多。

聽我說，紅詩正試圖逃出城，我需要你們立刻放下手邊的事，全副武裝，以東城門為最終目標，形成包圍圈讓她無法脫逃。

寒冰和孤月你們離東城門最近，率領小隊守住東城門，不能讓任何像是小女孩的人離開。

其他人的包圍方向是……

我邊下令邊感知，明確地看見紅詩騎著小白正向東城門奔去。

十二聖騎士開始行動，他們帶著各自的小隊上馬，用最快速度朝著東城門移動，包圍圈逐漸成形。

對遠方的十二聖騎士下完命令後，我轉向白雲說：「你的速度快，去找今天巡邏的皇家騎士，告知他們聖殿要捕捉近來在城內製造混亂的元凶，請他們幫忙維持秩序，不要讓民眾靠近東城門，然後你就過來集結。」

「好。」白雲乖巧地點頭後，瞬間消失不見。

「大地，你過去東城門的路上大聲宣導讓民眾不要過去東城門。」

我吩咐完，大地立刻反問：「那你呢？」

「我？」我理所當然地回答：「我當然是立刻過去東城門指揮——」

大地打斷我的話，用十分懷疑的語氣說：「你確定不是想自己獨自去幹什麼蠢事？」

我愣了下，立刻否認：「當然不是。」

但大地還是沒有立刻相信，他狐疑地上下打量我，還說：「其他人要我多看著你一點，絕對不能讓你單獨行動，不管你說什麼都不行，反正就打死都要跟著你。」

「什麼呀！我真的有這麼不可以信任嗎？」

大地還真給我點頭，真是太不給面子了，我只得改口說：「就算以前瞞著你們做過不少事，但我現在也都跟你們坦白了啊！」

「非常不可信任。」大地竟毫不遲疑地說。

我氣惱地說：「那你就跟著我，提醒民眾的責任就交給皇家騎士好了。」

「不過看在你這次什麼都說了的份上，我就信你這麼一次好了。」大地瞥了我一眼，提醒：「可別騙我呀！騙我就沒下次了。」

我有點反應不過來，怎麼一下子說不可信任，一下子卻又要信我了？只是大地還在等我的回答，我只有呆呆地「喔」了一聲當作回答。

大地立刻跑向大街，開始大吼：「緊、緊急事件！東城門出現危險的不死生物，請、請大家千萬不要過去圍、圍觀，非常危險！」

我看著大地，還是有些發懵，沒想到這外表老實、內心無比陰險的傢伙，居然也會乖乖聽我的命令？

大地突然回頭看過來，就算只用感知，我也看得出他的眼神傳遞著熱辣辣的一個「滾」字。

我笑著邁步前行，滾去東城門。

不死巫妖第九惡行

「引起恐慌」

我的步伐並不太快，畢竟現在是一心三用。

腳下得趕路；要感知紅詩的所在，防範她用精神魔法反擊我；還得指揮十二聖騎士，如果走太快，恐怕會重蹈覆轍，這次又不知道要撞上什麼東西了。

紅詩似乎發現東城門有人守衛，可能是她的感知能力不如我強，在發現東城門有埋伏，她就開始往反方向逃，卻沒有注意到那邊一樣有聖騎士朝她逼近。

看她的行動模式，似乎沒有察覺到包圍圈。

紅詩騎著獨角獸，速度很快，沿途會跳上屋頂和鑽進暗巷，如果她再直線行進，就會經過綠葉身旁……

跟同伴說明到這裡，周圍景物開始像是被一層層紗蒙著，逐漸模糊起來，我連忙把感知範圍縮小，這才有辦法再次看清東西。

看來我真是太托大了，還以為感知能夠無限使用，如果再晚點縮小範圍，搞不好會再次變成睜眼瞎子。

但現在包圍圈已經大致成形，我對自家十二聖騎士信心滿滿，紅詩和小白那麼大個目標，他們絕對不會讓他們闖過包圍圈。

——請聽我說。

我猛地停下腳步，四下張望卻沒有發現任何人，這聲音不是從周圍傳來的，而是直接傳入腦中。

眞是太大意了，既然我做得到傳話，紅詩當然也辦得到。

請您聽我說，您被騙了，被「他們」欺騙了！

「滾出我的腦袋！」

我低吼，用精神魔法全面反擊，原本還不想對她用這種攻擊，畢竟艾崔斯特說精神系攻擊很可能會讓人變成白痴，而我有太多事想問她。

我絕不容許她再胡說八道，這傢伙之前趁著我失憶的時候，不斷用謊言誤導我，害我以為寒冰和烈火才是心懷不軌的那方，甚至誤傷了他們，這筆帳現在就來算！

低吼之後，我似乎聽見一聲悶哼，但也只是似乎，我並不能確定是不是眞的傷到她，畢竟我都能學會防禦手段，紅詩一定也會防禦，所以攻擊不見得奏效，只是不知道我和她究竟誰的精神系魔法比較強。

反擊之後，紅詩沒再開口說話，我又不敢再用大範圍的感知，只能憑藉最後感知到紅詩的位置，推測她現在有可能走到哪裡，努力跑向那個位置。

當遠處傳來打鬥聲音時，努力奔跑變成拚命奔跑。

不知花了多大的忍耐力，我才忍住不將感知放遠察看，如果眞的感知到有危險，結果我卻因爲過度使用感知能力再次看不見、什麼事情都做不了的話，那才眞的會悔恨至死。

沿途，不少民眾面露驚慌之色，紛紛從門後及窗戶探頭出來。

「太陽騎士！」

「請問發生什麼事了？」

「請告訴我們！」

我不能停下腳步，只得沿路一直喊：「沒事的，請遠離東城門，其餘的都不用擔心，有十二聖騎士在！有我們在！別擔心，沒事的！」

「但是、但是……」

「太陽騎士！」

「別走……」

聲聲驚慌的呼喚，我終於停下腳步，回頭望去，見到民眾們著急的神色。

我突然想到，審判的死和他的隱瞞讓我著急又不甘，那種被瞞著的感覺實在很糟糕……

「城內有一隻巫妖。」我坦誠地回答。

民眾先是怔住，緊接著露出驚恐表情，雖然這裡肯定沒有人見過巫妖這種超級罕見的不死生物，但傳說和吟遊詩人口中的故事一直都是民眾生活的一部分。

「但各位無須擔憂。」我露出最燦爛的笑容，說：「在光明見證下，一切邪惡都將被十二聖騎士消弭殆盡！」

民眾看著我，驚恐仍沒有散去，有點不知所措的樣子。

這時，一匹馬疾馳而至，在我身旁急停，馬上的騎士高喊：「還有我們皇家騎士！」

我抬頭一看，脫口而出：「伊力亞！」

他騎在馬上，低頭伸手道：「上來吧，太陽騎士，我帶您過去，畢竟十二聖騎士總得是十二個吧？」

他帶著點開玩笑的口氣。

我握住他的手，笑說：「或許十三個也不錯，我的左邊有六個，右邊也有六個，多整齊！」

伊力亞一怔，聽出我的話中話，隨即笑了出來，將我拉上馬背。

這時，一個小孩子大叫：「太陽哥哥，要加油喔！」

我回過頭來，高聲回答：「光明永耀眾生！太陽將率領十二聖騎士傾盡全力擊潰邪惡！」

那個孩子顯然很開心，拚命大叫「太陽哥哥」、「打敗壞人」之類的童言童語，而他的開心也感染群眾，大夥的不知所措退去了，不少年輕人跟著孩子起舞叫囂，年長者則是對孩子們露出好氣又好笑的表情。

我對眾人行了個騎士禮節後對伊力亞說：「走。」

「這麼歡樂好嗎？」伊力亞低聲說：「巫妖應該不好對付，聽說那玩意兒是不死的，就算這次打敗它，下次還是會回來復仇吧？」

「來幾次都一樣！」我惡狠狠地說：「葉芽城可不是巫妖可以橫行的地方！」

「說得好！」伊力亞喝了聲，腳下一踢，馬兒立刻加速狂奔。

奔馳沒有多久，遠方突然傳來爆炸聲音，而且還是接連的爆炸聲。

我臉色一變，猛催道：「快！再快一點！」

「駕！」伊力亞大喊一聲，馬兒奔得更快了，但我仍覺得不夠快，心中十分惶恐，前方到底發生了什麼事情？

「小心！」

伊力亞突然回過身來一把撲倒我，我們雙雙摔下馬，重重跌落地面。

砰！

我和伊力亞身旁的地面被打凹出一個大洞，洞中插著一枝箭，箭尾端仍在抖動。

我們倆看著那枝箭，臉色都很難看，這一箭要是命中，我倆早就穿洞了。

伊力亞爬起身來，氣得低罵：「好一個巫妖！竟然暗箭傷人！」

我盯著那枝箭矢，尾羽前端有一小片樹葉雕紋，越看越眼熟。

「等等，這好像是……」

隔壁街突然傳來大喊：「妳對太陽做了什麼好事？他爲什麼一句話都不說了？妳、妳一定打傷他了對吧！」

如果這不是綠葉的聲音和他的箭，我就把這枝箭吞了！

連續三聲爆響，三枝箭矢穿透牆壁朝著我們射來，伊力亞及時拔劍擋下一箭，但第二箭卻直接震飛他的劍，我連忙射出一發冰錐，勉強打歪第三箭。

三枝箭矢有的射在牆上、有的射中地面，但全都無一例外打出比頭還大的凹洞。

伊力亞呆呆地望著那些「可以打洞」的箭，開口問：「巫妖到底對你做了什麼好事？讓綠葉騎士長這麼憤怒？」

「什麼也沒做，搞不好還被我攻擊了一下。」

「眞無辜啊……」

接連的爆炸聲再起，又是幾枝箭穿越牆壁而來，我們兩個開始上下翻滾逃竄，躲避綠葉的恐怖箭雨。

「綠葉！你冷靜點啊！」我一邊躲，一邊欲哭無淚地大喊：「我沒被巫妖打傷，但快被你打傷了——哇！」

一枝箭矢當胸射來，我慌亂之中射出冰錐，但這次被撞飛的竟然是冰錐，我臉色一白，卻也來不及再補救……

鏗！

箭矢被擊飛了，一道人影擋在身前，氣場沉穩強大，寬大的黑袍讓他整個人宛如一道堅韌的黑牆，堅不可摧地擋在同伴前方。

審判！

我鬆了好大一口氣，小命終於保住了，差點成爲第一個被同伴誤殺的太陽騎士。

「太陽？呃！」隔壁街傳來綠葉焦急的呼喊，緊接著卻是一聲痛哼——他受傷了？

「審判！」我大喊。

審判立刻在牆壁上踏了幾步後直接躍過屋頂。

見狀，伊力亞也拿起劍跟著過去。

我卻沒有跟著跳過去，而是瞬速將感知擴寬到隔壁街。

隔壁街活像是墳場，不死生物橫行，骷髏、幽靈和一大堆不可名狀的黑影，最誇張的是竟然還有兩隻死亡騎士，這種罕見不死生物什麼時候變成常態款了？

紅詩就騎在小白的身上，被不死生物層層護衛。

幸好，那條街上沒有一般民眾，綠葉與寒冰分別各對上一隻死亡騎士，還有約十名聖騎士正在與骷髏和幽靈等不死生物纏鬥。

本來綠葉和寒冰就沒有落在下風，在審判和伊力亞加入戰局以後，情勢完全朝著我方傾斜，那些不死生物節節敗退，被殺得七零八落。

綠葉手臂鮮血淋漓，但沒有影響他的動作，應該是沒什麼大礙，所以我暫時沒有打算過去，免得要注意不死生物的攻擊，反而沒有辦法專心用精神系魔法。

相較於那些實力不強的不死生物，眞正的威脅是紅詩，不能讓她抓到機會使用精神系魔法攻擊，除了我以外，其他人根本沒有抵抗這種攻擊的能力。

在我保持警戒之際，紅詩突然轉頭，視線彷彿能穿透牆壁，牢牢地盯著我。

請聽我說。

「好，我聽妳說。」我不動聲色地回應。只要能夠讓紅詩分心，聽她胡說幾句也沒什麼。

您忘了我嗎？十年前，是我將您帶出孤兒院的。

我一愣。將我帶出孤兒院？

回憶如潮水湧上，沒錯，在去參選太陽騎士之前，我曾被人帶出孤兒院。

一名非常美的女人親自來領養我，當時孤兒院的大家都替我高興，他們覺得那女人是貴族，雖然她的穿著看起來不算太華貴，皮膚卻白得驚人，一看就知道是個不勞動的女人。

一個孤兒能夠被貴族領養可是得有光明神護佑的那種幸運。

記得那時，她身邊還帶著一個小女孩，說是她的妹妹，讓我跟著她的妹妹一起叫她姊姊。

姊姊……我竟然連她的名字都想不起來，還有那個小女孩，她們到底叫作什麼名字？

「太陽！」

大地的聲音打斷我的思緒，我回頭看見他氣喘吁吁地跑來。

我立刻下令：「其他人在隔壁街，你也過去幫忙，不要讓同伴受傷，我要在這裡阻擾巫妖使用精神系魔法。」

他對我一個點頭後攀上牆壁，跳去隔壁街。

十多年前，您突然不見了，我很著急。

我沉住氣，繼續聽紅詩說話，讓她分心不去用精神系魔法攻擊。

我當然不是不見了，當年姊姊帶著小女孩出遠門，家裡只剩下僕人，當時正好是下屆太陽騎士的選拔，我跑去參選被老師選中了，過後就直接住進聖殿。

雖有幾次回過家看看，但她們都沒有回來，後來……後來到底是怎麼了？

我竟然不記得了！難道自己就這樣待在聖殿中，完全沒再去找過她們了嗎？

太陽騎士把您偷走了！我要他把您還給我，他卻不肯還我！

竟然還敢提起老師，就是她斷了老師的右手！

史上最強太陽騎士的右手！

「妳才應該把老師的手還來！」我怒吼回去。

就在此刻，一隻手從背後摀住我的嘴，另一手還牢牢箝住我。

糟糕，太大意了！紅詩跟我說話恐怕有著相同的目的——引開對方的注意力。

我用手肘猛擊身後敵人的臉，接連重擊數下，但對方一點反應都沒有，這是一隻死亡騎士！

竟然還有第三隻，紅詩到底是什麼人，竟然可以召喚這麼多死亡騎士！

不過，區區不死生物也想與我鬥？身爲太陽騎士，光明神的代言人，什麼不死生物都不在我眼裡！

我瞬間釋發出大量聖光，後方的死亡騎士卻吭都不吭一聲，難道這是一隻不怕聖光的死亡騎士？

不對！聖光不是沒有作用，而是強烈到死亡騎士的身體都被融化了，但他仍舊牢牢地摀住我的嘴，逼得我只得發出更強大的聖光。

最後，他的肉體毀得不成人形，變成一大坨黑暗屬性，我的背後黏著這些黑暗屬性，甩都甩不掉。

我從未見過這種事情，這到底是什麼鬼東西？

就算想拔出腰間的太陽神劍來斬斷黑暗屬性，但這些黑暗屬性多到幾乎覆蓋我半身，別說拔劍了，整支太陽神劍根本就被黑暗屬性埋住還牢牢黏在我身上。

紅詩到底想幹什麼？

我才剛這麼想，黑暗屬性就開始侵入體內，而且還排擠我體內的光屬性，最糟糕的是這過程一點都不痛苦，宛如一個被重重束縛的人，繩索一圈圈被鬆開——就像上次吸收整座山谷的黑暗屬性那般暢快。

住手！住手！

我拚命聚集聖光想把侵入體內的黑暗屬性擠出去，一開始效果顯著，但後來，小白這傢伙突然出現在我身後，牠不但本身的黑暗屬性高得驚人，甚至還會吸引暗屬性聚集過來，這讓我更難聚集到光屬性。

不知不覺中，背上的黑暗屬性有大半侵入到體內，我越來越難聚集光屬性……

審判、綠葉、寒冰、大地……救救我！

我拚命地使用精神系魔法傳訊，卻沒有任何人跳回來救我。

到底發生什麼事情了？黑暗屬性已經濃得讓我無法感知隔壁街發生什麼事情，難道他們遇到危險了嗎？紅詩對他們做了什麼？

掙扎了好一陣子，我甚至開始動搖。

如果乾脆把這些暗屬性都吸收了，那我就可以變強，有力量去救他們……

「太陽！」

我一愣。這聲音是白雲？

「大家快來幫忙！」白雲一邊嘗試徒手扯開我背後的暗屬性，一邊高聲呼喚。

但他的舉動徒勞無功，黑暗屬性根本不是徒手可以抓下來的東西。

我艱難地轉頭，努力想把話傳達給他。

把馬趕走！

白雲停下動作，他看著我，我卻已無法看清他的表情，黑暗屬性實在太濃烈了，我只能勉強看清白雲的輪廓而已。

但他並沒有趕走小白，顯然聽不見我傳遞的話，而我的嘴和雙手都被黑暗屬性牢牢黏住，既說不出話也沒辦法比劃。

「我的天！」

「搞什麼東西？」

「怎麼會變成這樣？好濃厚的黑暗屬性！」

好幾個人的聲音響了起來，是綠葉的驚呼、大地的叫罵，甚至還有暴風的聲音，看來其他人陸續趕到了。

這樣的話，隔壁街應該是沒有太大危險才對。

我有點放心了，繼續試圖聚集聖光將黑暗屬性趕出體內。

「太陽、太陽，你沒事吧？」綠葉在我耳邊焦急地呼喊。

把馬趕走！

「把馬趕走！」綠葉大喊：「快把那匹黑馬趕走！」

太好了，幸好綠葉聽明白了，大概是因爲他學習過感知，所以接收能力比較好。

接下來的聲音更加混亂，小白的嘶鳴、武器互相撞擊的清脆響聲、怒吼聲與奔跑聲此起彼落，我卻都看不見，只能勉強看清身旁的白雲和綠葉。

綠葉站在我背後，舉著弓，一旦有不死生物靠近，便毫不猶豫地放箭射殺。

白雲始終舉劍守在我身旁，即使因爲綠葉箭無虛發，他沒有機會出手，也從未離開。

與暗屬性的鬥爭中，我漸漸佔了上風，只要再多一些時間，我一定可以把所有暗屬性全都趕出去……

突然，有人強橫地拔出我腰間的太陽神劍，然後將劍柄重重壓在我的掌心上。

霎時，強烈的光屬性緩緩不絕地從劍中湧入體內，給了我很大的幫助，驅趕黑暗屬性的速度加快許多。

「他是屬於我的！」

一聲淒厲尖叫響起，聲音刺耳得彷彿能穿透腦袋。

我看見白雲和綠葉同時抱頭，搖搖欲墜——是精神系魔法！

竟然敢對十二聖騎士用精神魔法！

我心中的怒火瞬間引爆，握緊太陽神劍，從它身上吸收大量光屬性，將體內身外的黑暗屬性徹底清空。

這一刻，我仍舊看不見周圍景物，但不再是因爲黑暗，而是光實在太強烈了！

然後，我將體內的光屬性一口氣爆發出去！

「不准對我的聖騎士動手！」

不死巫妖第十惡行

「不死生物不該干預世界！」

一口氣將光屬性全面爆發出去後，我聽見無數尖銳的吼叫聲，非男非女，是不死生物粗啞卻又刺耳的淒厲哀鳴。

隨後，我突然感到一陣強烈的昏眩，差點軟倒在地，幸好白雲及時扶住我。

沒有過量的光與暗屬性干擾，我的感知漸漸恢復，第一個看清的人居然是——

「老師？」還有艾崔斯特也來了。

「你這個臭小子！」

老師暴怒地狠狠砸了一拳頭在我腦袋上，力道大到直接把我砸跪在地。

砸完，他還上前在我耳邊大吼：「竟敢騙你老師我！你是活得不耐煩了，想去光明神面前懺悔嗎？啊？」

我抱著頭，又是頭痛又是耳鳴，簡直比紅詩的精神魔法還難受，老師的威力果然比巫妖大多了……

等等！說到紅詩，她人呢？

剛才那次聖光爆發雖然可以殺死其他不死生物，但足夠毀滅一隻巫妖的身體嗎？

我立刻站起來擴展感知，發現紅詩其實就躺在不遠處的地上，小白卻已不見蹤影，不知道是不是逃跑了。

她的情況簡直慘不忍睹，整個人趴伏在地，背部早就融化到不成樣子，只能勉強看出人的輪廓，她全身上下也就剩下半張臉是完整的，雖如此狼狽，仍努力地抬起頭看向我，臉上分不清到底是血還是淚水。

我閃過一絲不忍，但也只是閃過而已。

紅詩三番兩次地傷害我身邊的人，不但砍斷老師的手，甚至還殺死審判！我說什麼都不會放過她！

這時，眾人紛紛從隔壁街跳回來，看來剛才的聖光爆發多半連隔壁街的不死生物通通一起解決了。

跳過來的人有審判、烈火、魔獄、孤月、刃金……所有十二聖騎士都到了！

審判站在所有人前方，一看見老師就是一怔：「前太陽騎士長？」

老師掃視眾人，即使退休已有四年，史上最強太陽騎士餘威猶存，眾人連身體都不自覺繃緊站直了。

「您的手！」審判不愧是審判，第一個抓到重點。

審判這一驚呼，眾人的目光都聚集到老師空蕩蕩的右邊袖子上，表情非常一致——猛然一變後眼睛瞪得有平常的一點五倍那麼大。

「誰想提早去瞻仰光明神，可以再看我的手一眼。」

老師冷冷地說完，眾人的視線瞬間從他身上移開，看天看地看我看巫妖，沒人敢再看老師，只有審判還敢皺著眉頭看老師，像是在思考發生什麼事。

老師也不去管他，對所有人下令：「所有人立刻包圍住巫妖，你們身上或多或少都有聖光，還拿著充滿聖光的神器，巫妖的靈魂無法穿越你們。」

艾崔斯特這時走上前來，遞給我一條項鍊，正是永恆的寧靜。

我低頭看著寶石的同時，艾崔斯特解說道：「對於巫妖，我們只能毀滅她的身體，她過後可能還會回來報復，但永恆的寧靜有封印的能力，所以你可以把她的靈魂囚禁在這顆寶石中。」

原來如此，這倒是好辦法，以免這傢伙之後又來傷害我的人。

艾崔斯特詳細解說整個過程：「等等尼奧會負責毀滅她的身體，其餘十二聖騎士以身困住她，在巫妖的靈魂脫離後，你必須要抓住她的靈魂，將其丟入寶石之中，接下來我會出手將她封印。」

這時，紅詩終於慌亂起來，她拚命掙扎想要撐起身子，但是融化的雙手顯然連這點都很難做到。

她抬頭看我，滿眼都是哀求。

不、不要！求求您，我從不曾傷害過您……

她用精神魔法傳話，恐怕是已經沒有辦法開口了，畢竟喉嚨都融化一半。

妳傷害我身邊的人，罪行更重！

我同樣用精神魔法回應紅詩，卻突然聽見老師嚴厲地問：「格里西亞，你在跟她對談？」

老師語氣嚴厲到好像我在跟巫妖串通似地，我一愣，有點莫名其妙地轉頭看他，下一秒手上的太陽神劍被人一把搶走。

我還來不及反應，就聽見令人頭皮發麻的尖銳慘叫。

老師用太陽神劍瘋狂揮砍紅詩，揮劍的速度甚至快得我根本看不見劍身，紅詩的尖叫刺耳得讓人感到頭痛。

老師是不是有點太激動了？

「所有人開始聚集聖光！」艾崔斯特著急大喊：「別離開自己的位置。」

十二聖騎士……其實應該是十一個，但說是十二個倒也沒有錯，雖然少了羅蘭，但因爲伊力亞在這裡，他遲疑、甚至左右張望了一下，然後就跟著偷偷發出聖光，雖然量並不多。

他的表情滿滿是作賊心虛的樣子，讓我感覺有點好笑。

連續揮出不知道多少劍後，老師高高地舉起太陽神劍，威凜氣勢比一頭龍還有過之而無不及……

我立刻大喊：「大地，保護盾！」

「擋誰？」

大地有點疑惑地低頭看著爛成泥的紅詩，但喊完就自行領悟，保護盾全架在老師的四周，但不是爲了保護他，保護盾抵擋的對象正是史上最強的太陽騎士，尼奧・太陽。

不知是鬥氣還是單純揮劍的劍氣太強，擊中地面揚起一陣衝擊波，我整個人差點就被吹飛，體重輕的艾崔斯特甚至真的被吹倒在地。

待風暴結束後，所有人的臉色都不是太好看，尤其是大地，他的表情比剛才躺在地上的紅詩還難看。

老師竟把地面砸出一個大凹洞，足足可以把我們十幾個人都埋進去的大洞！躺在其中的紅詩早就消失無蹤了，連稍微大點的屍塊都沒有，就剩點黑灰碎屑。

老師，你跟紅詩之間是有什麼殺父害母的大冤仇嗎？

這時，大凹洞正中央的景象引起我的注意，那裡慢慢聚集起一小團黑暗屬性，大約只有拳頭大小，但屬性卻濃烈到堪比永恆的寧靜，然後它開始往上飄移。

「格里西亞，你看見巫妖的靈魂了嗎？」艾崔斯特語氣中帶著緊張。

我一怔，那一小團黑暗屬性就是巫妖的靈魂？反問：「你們看不見嗎？」

眾人幾乎同時搖頭，只有綠葉稍微遲疑了一下，彷彿不太確定地說：「好像有看到一點影子。」

我專注盯著那一小團靈魂緩緩上升，集中精神在腦中下令。

停住！

巫妖的靈魂當真定在半空中，一動也不動。

我連忙舉起「永恆的寧靜」，像是在誘惑一般用精神對它發話。

過來吧！來我這裡……

那團黑暗屬性先是順從地飄過來，隨後卻停住，甚至往回退了小半段距離，那模樣看起來就像一個正在死命掙扎的人？

我更專注地想著要她過來、過來……

一旁，艾崔斯特緊張地提醒：「如果巫妖靈魂真的被你封進永恆的寧靜，你要立刻告訴我，我才來得及封印住她。」

我沒餘力說話，眨了眨眼算是回應，緩慢地將那抹靈魂拉進永恆的寧靜中，它卻在進入寶石的瞬間開始猛烈掙扎，我光是要把它控制在寶石之內就耗盡所有心力，甚至沒辦法保持感知，周圍陷入一片黑暗。

我有種預感，只要自己沒拉住，這團宛如脫韁野馬的靈魂就會逃出去，再也拉不回來了。

雖想著必須快點開口告訴艾崔斯特，我卻說不出半句話，只能死命撐住……

僵持之際，綠葉一聲大叫：「就是現在！」

一雙手迅速覆蓋上寶石，我聽見艾崔斯特特有的輕柔嗓音，他唸出一長串咒語，迅速聚集水屬性包圍住寶石。

寒冰也默默走了上來，幫忙加快水屬性的聚集速度。

隨著水屬性越聚越多，巫妖靈魂掙扎的幅度減小，我的壓力逐漸降低，到後來甚至有能力恢復感知，但我並沒有選擇恢復，而是同樣聚集起水屬性。

咒語長得彷彿永遠不會結束，幸好只是「彷彿」，最終還是塵埃落定，大量水屬性被壓縮成一層薄膜，將那抹黑暗的靈魂包覆起來，封印在永恆的寧靜之內。

巫妖再也無法從寶石中出來了。

我鬆了一大口氣，紅詩這個大麻煩總算解決掉了。

重新恢復感知後，我想把項鍊遞給艾崔斯特，他卻搖頭不願拿走，還努力勸說：「戴著它吧！這條項鍊可以保護你不受黑暗屬性的侵蝕——」

我卻打斷他，激動反問：「爲什麼黑暗屬性會侵蝕我？這根本不合理，我是太陽騎士，充滿光的太陽騎士！」

我的情緒激動到連自己都嚇了一跳，艾崔斯特也一臉錯愕，他不知所措，只能將視線投向一旁的老師。

我也隨著他的目光看向老師。

老師平靜地看著我，說：「你確定你要在這裡談？」

他眼神示意四周，十二聖騎士，甚至還有伊力亞都在。

「就在這裡談！」我毫不遲疑地說道。

老師愣了下，卻也沒反對，他先把太陽神劍遞回給我，緊接著拿過永恆的寧靜，一邊將項鍊掛上我脖子，一邊解釋眞相。

「十多年前，在你來聖殿徵選太陽騎士之前，你已經被人從孤兒院領養了。」

「我知道。」

我點了點頭，輕摸胸前的「永恆的寧靜」，心中閃過一絲明悟，老師當時會特地去山洞取這顆寶石，根本就是爲了我吧？

老師沉默了一下，才揭露：「領養你的是紅詩和她帶去的女妖屬下。」

我愣住了。

姊姊和小女孩原來是女妖和紅詩嗎？所以，當時領養我的姊妹根本不是人類，而是不死生物？

身為最痛恨不死生物的太陽騎士，卻曾經被不死生物扶養……

「你那時找了幾次姊姊都找不到人，後來我陪你去找，卻正好撞見紅詩回來，她口口聲聲要我把你還給她，我當然不肯，當時我就發現她根本不是人而是不死生物，我們打了起來，就是在那一次，我毀掉她的身體。」

我試圖回想這件事，卻是一點記憶都沒有，茫然地說：「我不記得你們打過。」

「當時你受到波及暈過去，醒來之後根本不記得這些事，也沒再說要去找姊姊。」

說到這，老師有些不耐地解釋：「教皇那時好像說是什麼創傷症候群的，我不記得全名，總之你忘掉了，我也當作沒這回事，事情都過去這麼久，根本沒必要再提！」

太陽騎士曾被不死生物扶養，這件事情說大不大說小不小，讓我一時不知道該做什麼反應，看看站在周圍的十二聖騎士全都神情平靜，他們對此的反應也不大。

我垂眼看著老師空蕩的右袖，心頭湧上一陣難受，悶悶地說：「因為我，卻讓您失去了右手。」

老師突然暴怒起來，低吼道：「她打輸我，就不見一具身體，換我打輸，也就沒了一隻手，與你無關！你再囉哩囉唆的，以後就再也不來找你了！」

我立刻舉手投降：「好好好，我不說了！」

老師哼了一聲：「你這孩子什麼都好，就是太囉唆！對了，還有劍術不好！」

有人笑了出來，那是伊力亞，也只有他不夠了解我的老師，居然敢在老師說話的時候笑出聲。

老師一眼瞥過去，語氣冷冷地說：「你是誰？」

伊力亞立刻噤聲，結結巴巴地說：「我、我是皇家騎士伊力亞。」

「皇家騎士？」老師不高興地說：「阿奇爾的人來這裡幹什麼？不死生物是光明神殿的事情，什麼時候輪得到王宮的騎士來插手了？」

阿奇爾是現任國王的名字，普天之下大概也只有已退位的眞豬國王、王后，以及我的老師能夠直呼這個名字。

冷不防聽見國王的名諱，伊力亞愣了一下才反應過來，慌忙說：「那、那我就先回去向國王陛下報告，這邊的事情已經解決了。」

說完，他對我行了禮，然後轉身就走，甚至忘記向老師行禮。

雖然從理論上來說，老師已不再是太陽騎士，伊力亞不跟他行禮其實也不能說錯，但理論歸理論，一個可以把巫妖剁成碎屑的人比任何頭銜都更値得被行禮！

伊力亞走後，其他人看了看我和老師，一個個似乎都打算離開讓我們敘舊。

我連忙喊：「等一等，審判……其他人都也先別走！」

所有人停住了腳步。

老師瞥了我一眼，沒有多問，直接拉上艾崔斯特離開。

最後只剩下十二個人，十二聖騎士。

所有人靜靜看著我，我則看向審判，開口說：「我知道你有事情瞞著我。不過我猜，應該不是我曾經被不死生物領養過的這件事，對吧？」

審判遲疑了一下，正要開口……

「先聽我說完！」我搶先一步說。

審判有些不解，但還是點了點頭。

我吸了一口氣，說：「你曾經問過我，我有什麼事情可以跟沉默之鷹討論，卻不能跟十二聖騎士說，我現在就回答你——沒有！」

「因爲那時我很害怕，怕自己身上眞藏著什麼不可告人的祕密，怕你們知道以後會討厭我、排斥我，所以才會偷偷溜去見沉默之鷹。」

「但現在我明白了。」我語氣一轉，環顧眾人：「比起什麼不可告人的祕密，或者是爲了保護你們，不管理由是什麼，最讓人難過的事情莫過於『隱瞞』這件事本身！」

其他人點點頭，神情看起來非常同意我說的話，甚至有點詫異我會這麼說。

審判的表情更是複雜，他似乎也是贊同的，但卻抿緊嘴唇，不願同其他人一般點頭。

「所以……」我深呼吸一口氣，說：「你現在願意告訴我，你隱瞞的事情嗎？」

審判皺著眉頭，依舊抿緊嘴唇，不願開口。

「你曾經答應過我三個要求。」我平靜地說：「你還記得嗎？」

審判的表情猛然一變，沉重地點了點頭。

「很好，那我現在要提出第一個要求了。」

審判表情更沉重了，他仍然不願告訴我，到底是爲什麼？

眞的很想知道，但……

我高聲喊：「我的第一個要求是——你這輩子只准瞞我三件事情，就只有三件！知道嗎？」

他愣住了。

高聲說完後，我平靜地確認：「所以，你第一件要瞞我的事情就決定是現在這件了嗎？」

審判深深地看著我，愼重地點頭：「嗯！」

「好！那你只剩下兩次。」我一口答應了，隨後語氣一轉，涼涼地補上一句：

「省著點用，我們可是還要一起共事十幾年呢！」

審判笑了出來，點頭說：「夠用了。」

「也是，畢竟你十二年來也才用了一次嘛！」

「眞是的！」暴風突然大聲感嘆：「還以爲有什麼超級大八卦可以聽呢！」

大地一臉可惜地說：「結果只是太陽曾被不死生物領養過這種小事，眞無聊！」

喂喂！你還希望眞出大事嗎？

「……我覺得被不死生物養過這事根本不會比被史上最強的太陽騎士養過更糟糕啊？」

有人小小聲地說。

只是這句話始終沒有人敢承認是他說的。

十二聖騎的共同守則第五條

「不管卸任了沒，太陽騎士永遠都是太陽騎士，
要發自內心地尊敬他——或是躲開他。」

白雲安靜地待在自己的小天地，圖書館櫃台的後方。

雖然這裡比不上櫥櫃或是書櫃那麼隱密，不時會有人敲敲櫃台桌面詢問圖書擺放層架，但詢問的人向來不多，白雲熟知書冊的位置，倒也不是很難回答，說完就可以回到小天地，他也就默默地接受了。

只是今天卻有點不太尋常……

「大地騎士長。」

外頭又傳來聖騎士跟上司打招呼的聲音。

許多平時根本不來圖書館的十二聖騎士一個接一個跑來了。

暴風第一個衝進來，剛來就問哪個書櫃最好躲人。

白雲手一指，他還真的抱著一疊公文躲進書櫃裡去。

「白雲！白雲！」

白雲默默放下手上的《惡運遠離占卜學》，從櫃台後方慢慢「升」了起來。

大地結結巴巴地說：「快、快告訴我，哪個書櫃最、最隱密最好躲人？」

白雲瞥了大地騎士長一眼，他總覺得今天的大地騎士結巴得特別真實。

他老實地回答：「最隱密的書櫃已經有暴風騎士長躲在裡面了。」

「嘖！原來暴風也躲來這了，難怪『他』會來找我！」大地一臉暴怒，結巴都忘了，隨即焦急追問：「那次好的呢？」

「次好的有堅石騎士長在裡面。」

「……到底有多少人躲在這裡？」

白雲開始細數起來：「暴風、堅石、刃金和綠葉……」

不等他唸完，大地就怒吼：「原來大家都躲在這！我就說外面怎麼一個人也沒有——」

這時，走廊傳來一陣沉穩有力的腳步聲。

大地臉色一變，壓低聲音說：「算了，快給我一個沒人躲的櫃子就行！」

白雲想了想，伸手指向角落擺放打掃工具的櫃子。

大地一臉嫌惡地看著那個偏窄又破舊的櫃子，但還是認命地衝了過去，壯碩的身形硬擠進滿是打掃工具的窄櫃，一把將櫃門關上。

雖然白雲滿腔疑問不懂今天大家是怎麼了，但還是默默地降回自己的櫃台後方小天地。

「搞什麼鬼！怎麼一個人都沒有？」

這聲斥喝過後，圖書館陷入一片死寂。

白雲偏了偏頭，認出聲音的主人，不過對方沒有叫他，他就不須要「升」起來。

「尼奧！」另一個輕柔嗓音用無奈的語氣說：「你別再找了，大家都在躲你了呢。」

「躲我？」尼奧冷哼一聲：「就不要被我找到！我只不過是要他們在陪我比劍和陪我喝酒中間選一個而已，有那麼困難嗎？我還獨臂呢！」

您就算沒有手，打起來一樣強得可怕！現場眾聖騎士努力低著頭假裝認真看書。

尼奧環顧四周沒找到人，開口問：「這裡有沒有十二聖騎士？」

雖然聖騎士們都知道哪個櫃子躲了人，卻沒有人膽敢回答，前任太陽騎士長餘威猶存，但惹到現任的十二聖騎士也沒有好日子過啊！

「不說是嗎？」尼奧的眼睛危險地瞇了起來。

這時，白雲緩緩地升了起來，回答：「這裡有。」

尼奧猛然轉過身上下打量他，皺著眉頭說：「白雲騎士？算了，你們的步法實在太詭異了，找上老半天還找不到要朝哪揮劍也很麻煩，打起來一點都不痛快！」

「怎麼不去找審判騎士呢？」艾崔斯特有點疑惑地問：「他沒有躲你，剛才還在走廊上擦身而過不是嗎？」

「比劍已經約了，比酒不行！」尼奧一口否決：「他的老師，前任審判騎士長夏佐就住在葉芽城，他一定會去找夏佐告狀。」

「……」

「格里西亞也不知道跑到哪裡去，這學生眞不敬師長！」尼奧大怒地說：「我教導他十年，就陪我喝個酒會怎樣啊？誰教他的劍術差得不能跟我比劍！」

「他已經陪你喝三天了。」艾崔斯特無奈地補充。

「對了！」尼奧轉向白雲，興致高昂地問：「你這小子會不會喝酒？」

白雲老實搖搖頭回答：「從來沒有喝過。」

「從來沒有喝過？你這小子還是不是個男人啊！」尼奧暴怒道：「氣死我了！不管啦！現場所有人立刻給我找出一個十二聖騎士來，否則通通陪我比劍喝酒！」

聽見這句話，全場聖騎士臉色一變，不約而同地指向各個櫃子，甚至還有人比著白雲騎士的方向。

下一秒，眾人拔腿狂奔，圖書館瞬間清空，就怕日後被現任十二聖騎士報復。

「那個比白雲騎士的傢伙。」尼奧轉頭對艾崔斯特吩咐：「幫我記著他的長相，他以爲比白雲騎士就可以隨便過關嗎？哼！」

艾崔斯特無奈應下。

尼奧掃視空蕩蕩的圖書館，冷聲說：「櫃子裡的傢伙，你們要自己出來，還是要等我一個個把你們抓出來？」

十二聖騎士一個個認命從藏身處走出，就像是犯錯的學生一樣排排站在老師的面前等待接受懲罰。

尼奧冷冷地說：「跟我走！敢再跑就試試看！」

所有人跟在尼奧身後哭喪著臉走出圖書館。

圖書館再次回復平靜，白雲默默地蹲下來，回到自己的完美小天地——不！今天，這個小天地有點不完美。

「咦？這杯紅通通的東西還挺好喝的嘛！原來是紅莓口味的綜合果汁，唔！還有點玫瑰的香味，紅莓加玫瑰，難怪這麼紅，我以前還以為是動物鮮血大混雜之類的恐怖玩意兒。」

太陽騎士盤坐在地上，手裡還拿著一本《打開你的愛情運》占卜書，喝了一口果汁，笑著問：「這杯給我喝，可以吧？」

你都已經喝了。白雲默默地點了點頭。

不是櫥櫃，也不是書櫃，旁邊有一個很亮的太陽騎士，還喝了自己的飲料。

今天的小天地不太完美，不過因為其他十二聖騎士更悲慘，對比之下，今天的小天地其實也算很好了。白雲很知足。

「不過嘛……」

太陽騎士一邊喝著飲料一邊惡狠狠地說：「剛才居然有人敢洩露我的藏身處！白雲，你記得那傢伙的長相吧？」

白雲點了點頭。

「很好。」太陽騎士冷笑了幾聲。

白雲又默默地看起《惡運遠離占卜學》，耳朵自動隔離圖書館外傳來的同伴哭喊聲。

「前太陽騎士長，請你放過我，我連你的一根手指頭也打不過！」

「我眞的喝不下了，肚子都要炸了啦！」

白雲看著手上這本「惡運遠離占卜學」，思索著或許該把這本書借給那個被前任和現任太陽騎士一起盯上的傢伙？

但是，他下一秒就放棄了。

對一個敢出賣現任太陽騎士的人來說，這本書沒有什麼用，換顆腦袋才眞的能夠遠離惡運。

《吾命騎士 vol.5 不死巫妖．上卷》完

後記

本集叫作「不死巫妖．上卷」，顧名思義也就是會有下卷了。

雖然巫妖看似已經被封印，但各位聰明的讀者一定已經發現還有很多事情沒解決吧！

例如那個很帥的、但總是不把話說清楚的謎語人等陽。

本集揭了一些伏筆，例如前面尼奧和艾崔斯特不告而別的原因。

想當年出這集的時候可是聽到不少關於老師斷手的哀號聲呢！

然後又有一些伏筆，看過前面版本的讀者應該知道的，但這裡先不說，讓咱們給新讀者保留一點小驚喜……或是驚嚇？

在這集中，太陽終於發現自己的隱瞞給同伴們帶來許多傷害，這點還真多虧了審判的同樣隱瞞，讓他也受傷了，才終於醒悟過來。

但是！就是這個「但是」，太陽才剛醒悟，接下來馬上就要面臨更大的挑戰，下一次他又會怎麼抉擇，敢不敢再次說出口呢？

聊到這，就想起每次我說《吾命騎士》是喜劇，都會被大家狂說「才不是」，我：「啊？不是嗎？」

如今回頭修文，格里西亞當太陽騎士的過程好像眞心有點波濤四起、處處是坑……咳咳，不過也是因此，他的故事才如此精彩不是嗎？（那個旁邊的那位別丟雞蛋要珍惜食物啊）

所以，格里西亞在《39 中卷》的問答說《吾命騎士》這套書的別名又叫作「我被光明神又愛又坑的一生」，眞的是超貼切的。

不過大家要相信，坑歸坑，光明神還是很愛很愛格里西亞的！

原始後記

本集莫名地爆字，爆得我有點擔心自己不知道到底要寫多少字，才有辦法把預定情節寫完，幸好，不管爆字還是不爆字，故事總是會寫完的。

這集眞的寫了超久，不過其實，《吾命騎士》每集都隔很久，因爲它算是目前最難寫的一本了，主要還是笑點的問題，笑點不是說我要想就想得出來，總是得不斷在生活中累積各種知識常識亂七八糟的事，才會有笑點「砰」地跑出來，當一本書需要的笑點越多，累積的時間也就拉長了。

所以，《吾命騎士》出得比較慢這點，還請大家多多包容了。

本集在角色介紹把所有聖騎士的名字全都填上去了，還沒看的要記得去補看一下。不過，我還真懷疑有人記得起來所有十二聖騎士的名字和稱號嗎？改天真該來考一下大家，但那樣我還得自己先製作小抄，免得作者自己都忘記了。

（逃～）

此外，《吾命騎士》仍舊維持八集結束的預定，始終沒有變過，雖然我在網路傳言上莫名地聽到了五集完結，不過完全沒這回事，我從不知道是第二還是第三集就說是八集完結了。

不會多也不會少，就是八集喔！

本集標題是不死巫妖（上），所以理所當然地，肯定會有（下），就算紅詩被抓去關，也還是有（下），（下）也還是在講巫妖的事情，不過……嘿嘿嘿！天機不可洩露。

寫到這裡，後記實在不知道要說什麼，想要來寫本集心得，卻覺得隨便說都會不小心提到祕辛，要說的話，得等下集把巫妖事件解決，才能夠在後記寫本次事件心得了。

所以，現在就來胡亂拉D賽一下好了。

本來我立志要半年出國一次，回來都要寫一大堆遊記給大家看，結果……不是沒辦到，而是辦得太成功了啊啊啊啊！

二月才剛去日本，掰了三篇落落長的遊記出來交差，結果寫這集的時候，可愛的表妹打電話給我，問：「表姊，要不要去韓國？」

什麼時候？

「四月底！」

哇靠，我二月才去日本耶！給我一點時間想想，什麼時候要回覆妳？

「今晚，因爲明天要訂機票了。」

囧！表妹，妳猛！

「陪我去啦～～」

可愛的表妹撒嬌了，老媽在門外叫我這個業餘宅女快（滾出去）出門走走，我、我……只好說好吧！

結果，四月底，應該差不多就是「騎士五」出版後沒幾天，我就要直奔韓國了，不過，去五天就會回來，到時又要交好幾篇遊記，喔～ＮＯ！

然後從韓國回來要繼續把另一本稿子「非關英雄４：吸血鬼古堡」完成，吸血鬼寫完要開一本新書，是寫花的故事——「公華」，鄭重澄清，花的故事不是要講種花啊！想要看是在講什麼，就到網誌來看試閱囉！

公華完，當然就是《吾命騎士》的不死巫妖下篇了。

巫妖寫完換吸血鬼，吸血完再來玩花，花完再來搞巫妖，眞是讓人看了就覺得這眞是很「非人」的行程表。

哪天我眞該開本書名叫作「人類」的書來平衡一下。

《吾命人類》怎麼樣？

嗯，超難聽的！

來御我家逛逛吧～

御我

The Legend of Sun Knight

吾命騎士 vol.6

下集預告

葉芽城的巫妖危機暫時落幕，
十二聖騎士以爲終於能喘口氣時……
沉默之鷹等陽卻一把揭露魔王的眞相：

三名魔王候選人即將在葉芽城展開王位爭奪戰！

全城民眾的生命受到嚴重威脅……
原來危機根本沒有結束，而是從現在才拉開序幕！

下一集，十二聖騎士面對的將不再只是巫妖與不死生物，
還有對彼此的坦誠和信任。
眞正的考驗，現在才要開始──

～敬請期待！～

國家圖書館出版品預行編目資料

吾命騎士. 5, 不死巫妖(上卷) / 御我 著.——初版.——台北市：魔豆文化有限公司出版 :蓋亞文化有限公司發行，2025.06
面；公分.——（Fresh；FS238）
ISBN　978-626-7542-20-0（第五冊：平裝）

863.57　　114005937

fresh FS238

吾命騎士 vol. 5

作　　者　御我
插　　畫　J.U.
封面設計　莊謹銘
責任編輯　林珮緹
總 編 輯　黃致雲
發 行 人　陳常智
出 版 社　魔豆文化有限公司
發　　行　蓋亞文化有限公司
地址：台北市103承德路二段75巷35號1樓
電話：02-2558-5438　傳真：02-2558-5439
電子信箱：gaea@gaeabooks.com.tw
投稿信箱：editor@gaeabooks.com.tw
郵撥帳號 19769541　戶名：蓋亞文化有限公司
法律顧問　宇達經貿法律事務所
總 經 銷　聯合發行股份有限公司
地址：新北市新店區寶橋路二三五巷六弄六號二樓
電話：02-2917-8022　傳真：02-2915-6275
港澳地區　一代匯集
地址：九龍旺角塘尾道64號龍駒企業大廈10樓B&D室
電話：+852-2783-8102　傳真：+852-2396-0050
初版一刷　2025年 6月
定　　價　新台幣 300 元
Published and printed in Taiwan

ISBN 978-626-7542-20-0

魔豆

魔豆

魔豆

魔豆

吾命騎士・特典
不知處
御我 著
J.U. 插畫

菲溫挺煩的。

最近正值十二聖騎士甄選學生的重要時期。

可一想到日後會有個學生跟前跟後，他就覺得窒息，雖然其他人躍躍欲試，一個個像是要卯足全力教出最好的學生，連尼奧那傢伙都不例外。

若是夏佐還有可能是認眞要教導學生，其他人便難說了。

菲溫認爲他們就是剿完全國匪窩後沒事做，無聊得慌，想「玩玩小孩」罷了，尤其是尼奧，特別興奮，據說還認認眞眞做了份計畫表。

菲溫有些無言，十年的太陽騎士任期沒見尼奧做過一份表，對學生的事倒是前所未見地認眞。

他看向尼奧那邊甄選的情況，每個孩子看起來都很討人喜歡，連菲溫這麼不想選學生的人也得承認那些孩子看起來並不讓人煩，差不多葉芽城和周遭地區最好的孩子全聚在尼奧跟前了吧。

畢竟成爲光明神殿的太陽騎士是所有孩子的夢想。

尼奧注意到菲溫的視線，帶著微笑看過來，無聲用嘴形回應：「想要？挑剩的再給你。」

菲溫心平氣和地收回目光。並不想要，那麼好的孩子，得花更多心力好好教導，否則就是暴殄天物，他擔不起這份責任。

光是站在他面前待選的這些孩子就太好了，至少比起另一組人馬的孩子來得好。

夏佐六人那邊的小孩看著就讓人煩，難怪最近他們看起來愁眉苦臉，恐怕從報名資料就看得出人選不好挑。

不要尼奧那邊太好的孩子，卻也不想要夏佐那邊光看就討人厭的小孩。

菲溫自己都覺得自己煩。

再煩，份內的工作還是得做好，他拿起手裡的報名表，看著面前的孩子，說道：「現在點名。艾德。」

突然被唸到名字的小孩嚇了一跳，立刻把手舉得高高的，大聲回應：「到——」

聲音大得連其他甄選隊伍都紛紛側目。

這個不行，太吵。

菲溫面無表情地繼續唸下一個名字。

一個個名字唸過去，菲溫沒有想讓哪個孩子日後跟前跟後。

「帝摩斯。」

他唸出最後一個名字，卻沒有得到回應。

淡淡掃視面前的孩子。沒來嗎？真少見，能夠入選的孩子幾乎不會缺席，畢竟能成爲十二聖騎士是所有人眼中難得的光榮。

正想把這份報名表擺到一邊去，菲溫就看見一個孩子緩緩從隊伍最後方站起，聲若蚊嗚地喊：「到。」

孩子的劉海長得蓋住眼睛，但整個人收拾得乾乾淨淨，頭髮也綁得很整齊，雖然衣著不華貴，卻顯然是有被好好照料的孩子，過長的劉海分明是特意留的，並非沒有收拾。

確定菲溫聽見自己的回應後，那孩子竟又再次蹲下去，悄無聲息地消失在隊伍末端。

「……」單純害羞嗎？

菲溫看了看報名表上的資料，他怎麼會挑出這份的？

一看之下才發現這個躲著不敢見人的孩子，實力竟相當不錯，看起來瘦瘦小小，測試出來的分數卻挺高，力氣不小，身手敏捷的程度甚至足以參選暴風小騎士。

倒是出乎意料。

菲溫抬眼想再看一眼孩子。好的，看不見。

但力氣和敏捷高不能代表一切，多得是無法好好運用的人，而帝摩斯的力量和速度也沒有逆天到足以無視技巧——直到他揍翻艾德，成爲最後站著的參選者。

「對、對不起！」

帝摩斯拚命道歉，一如他之前每揍翻一個對手後做的事，再怯生生地望向菲溫，確認比試結束，人就立刻跑掉，躲進各式各樣的陰暗角落。

菲溫望向再度躲得不見蹤影的孩子。

好像……也不是不行？

♣♣♣

但這樣的孩子眞能成爲一位合格的十二聖騎士嗎？

菲溫不能違心地認爲可以。

雖然他對帝摩斯頗有好感，這孩子實力強，能完成任務，完成後竟然還會自動消失。

簡直是爲他量身打造的學生。

但帝摩斯的個性實在不能說適合成爲白雲騎士，若眞的選擇他，恐怕會爲下一屆十二聖騎士帶來不小的麻煩。

菲溫觀察數日後，始終無法下定決心。

帝摩斯這孩子的個性十分古怪，但在了解這孩子的背景後，這樣古怪的個性卻又無可厚非。

這是一個曾被抓進土匪窩奴役整整三年才被救出來的孩子。

害怕、躲藏，都是能想像到的行爲，難得的是這孩子竟然在這種狀況下將身手練到相當讓人讚賞的程度，顯然是爲了逃出匪窩做的準備。

聖殿走廊上，菲溫倚窗思考。

他無法違心選擇其他孩子，卻也無法違心認定帝摩斯適合當白雲騎士。

「菲溫，你選好學生了嗎？大家差不多都、都選好了。」

菲溫微微偏頭，眼尾餘光望向來人。

羅里克，說話永遠在結巴的大地騎士，實際卻是比誰都愛說話的人，尤其熱衷聽八卦聊是非，眞不知道是同情他得結巴說話，還是同情聽他結巴一大段話的人。

「尼奧也選好了？」菲溫覺得從那些極好的孩子中選人最不簡單。

「嗯嗯！」羅里克用力點頭。

「是劍術最好的那個？」

羅里克搖頭：「是劍術最差、差的那個。」

菲溫微微一頓，頗爲意外。尼奧竟會選擇劍術最差的？

他反問道：「那你呢？是選擇最老實的嗎？」

「看、看著挺老實的。」羅里克露出憨憨的笑容。

菲溫太明白羅里克話中帶話的說話方式，這話眞正的意思就只有「看著」挺老實的。

隊友們眞是一如往常地不靠譜，就連選學生也不例外，這樣隨心地選擇，最終到底會選出一群什麼樣奇形怪狀的學生？

難以想像下一任太陽騎士要怎麼領導十二聖騎士——但話說回來，尼奧又眞的領導他們了嗎？

連剿匪計畫都是他的副隊長做的，到了眞正出動時，尼奧的領導風格……他就只負責衝鋒吧，還不管後面人跟不跟得上。

菲溫突然發現自己似乎陷入什麼誤區，帝摩斯的個性是古怪，但眞要說起來，交代的任務能做好，實力也不差，就是喜歡躲起來而已。

這種等級的「古怪」眞的無法成爲白雲騎士嗎？

菲溫想了想當初自己被老師選中的原因。

嗯，不記得了。

「我的學生叫作喬葛。」羅里克帶著探聽的好奇語氣問：「菲溫你、你選好了嗎？」

「嗯。」

「你的學生叫什麼名、名字？」

「帝摩斯。」

♣♣♣

「把屍體拖去懸崖邊丟了。」

帝摩斯瞪大眼。屍體？但、但是那個人還沒死呀……

這次土匪下山後搶了一支小商隊，拖回來不少東西，還有幾個被打得奄奄一息的人。

這群心狠手辣的土匪從不留成年人，只有年邁的廚娘和幾個半大不小的孩子用來使喚打掃。

帝摩斯也是其中之一。

他從葉芽城被人套麻袋抓走，算一算已有三年了吧？他一天天地數著日子等待，等自己再長大一點，才有足夠的體力逃。

最晚今年一定要逃！他已經十二歲了，今年還一口氣長高五公分，帝摩斯只能彎腰駝背讓自己看起來不那麼高，還像個小孩子，但再怎麼掩飾，恐怕都撐不過一年。

這三年來，帝摩斯總是小心謹慎，盡量不出現在土匪面前，連話都不多說，可說毫無存在感，但做事卻很勤勞，努力跑腿來回訓練腳程。

土匪們認爲帝摩斯是個勤勞的小傻子，他們甚至不知道他的名字，就「小傻子」這樣地叫他。

帝摩斯安靜地等待時機，等著回家，回到唯一會記得他名字的姊姊身邊。

結果時機還沒等到，卻先等來土匪們圍觀笑鬧著讓他處理屍體，一個躺在地上血流不止還喘著大氣的「屍體」。

面對屍體的驚恐，帝摩斯僵了一瞬，隨後抓起屍體的腳就朝懸崖方向拖，他長年負責丟垃圾下山，最知道哪邊是緩坡、哪邊是懸崖，或許這屍體還有活命的機會。

但土匪們卻不依不饒跟上來，看熱鬧似地一個個鼓譟：「小傻子快扔啊！以後你就是自己人啦！」

面對屍體絕望的表情和垂死掙扎，帝摩斯真的做不到，即使是爲了保住性命回家，不讓相依爲命的姊姊傷心，他終究下不了手。

於是他跑了。

土匪們大怒：「先別扔人下去，看這小傻子拿不拿自己的命去保這傢伙！」

帝摩斯憑著敏捷的身手逃回屋子，在土匪們追上來之前，硬是把自己擠進一個狹窄頂櫃裡。

土匪在外面罵罵咧咧地翻找，經過櫃子的人也不少，但他們誰都沒想到這麼窄的頂櫃裡能躲人。

他嚇得呼吸都不敢太大聲，深怕被抓出去就得面對最艱難的選擇。

是狠心把人推下懸崖，反正對方也活不了；或者拒絕這麼做，然後換成自己被土匪推下山崖，再也見不到姊姊。

看似很簡單，但帝摩斯真的沒辦法選擇殺死對方，也真的不想永遠見不到姊姊。

他只能努力往櫃子深處躲，緊緊收起手腳蜷曲，希望能消失不見。

一陣子後，土匪們的叫罵聲逐漸停歇，取而代之的是更大的騷動。

那聽起來像是戰鬥的聲音，但奇怪的是帝摩斯聽到的叫喊聲都十分熟悉，那是土匪們的聲音，就好像他們在跟一群無聲的敵人作戰。

似乎也不是全然無聲，帝摩斯屏息傾聽許久才終於聽明白那些細微的聲響，金屬摩擦及刀劍砍進皮肉的聲音。

土匪們在慘叫，他們正被屠戮，敵人甚至不須發出聲響！

帝摩斯緊緊捂嘴，縮小身子。

不能發出任何聲音！絕對不能！

許久後，外面終於歸於平靜。

帝摩斯卻還是低垂著頭，止不住身體顫抖，努力傾聽著外面不是很清楚的說話聲。

「還是找不到人……」

「這都……快，尼奧……快氣死了……」

「……在匪窩……不高……被賣掉……或已經……」

「唉……」

一直等到外面徹底沒了動靜，帝摩斯仍是動都不敢動。

不知過了多久，他又渴又餓，身體僵硬到幾乎失去知覺，感覺再待下去可能要沒命了。

他小心翼翼打開櫃門，探頭張望。

外面空無一人，只有滿地血跡斑斑，連屍體都沒有看見半具。

確認外邊眞的沒人後，帝摩斯才敢爬出，還因爲四肢僵硬得厲害，差點摔下櫃子。

站在空蕩蕩的土匪窩裡，帝摩斯簡直不敢相信。

他自由了？

他跌跌撞撞地跑出土匪窩，憑藉著微弱的記憶和一路詢問，艱辛卻堅定地朝家的方向前進。

最後，帝摩斯站在小屋門前，他沒有認錯地方，這間小屋子和日日夢裡重複的景象一模一樣，連門口擺放的小木馬都在！

大門猛然被重重推開，姊姊帶著不敢相信的激動神情衝出來，一把抱住他。

「帝摩斯！」

「帝帝——」

帝摩斯猛然睜開眼，從夢中驚醒。

一個疑惑的「姊」字還沒出口，櫃門突然被人一把拉開，耀眼的光線照進來，亮得他立刻捂住雙眼，差點要尖叫出聲。

「你居然睡在衣櫃裡面？」

帝摩斯努力睜開差點被亮瞎的眼睛，卻看見一個比光更亮的人，金髮藍眼的太陽小騎士。

格里西亞皺眉打量衣櫃和帝摩斯的姿勢，咕噥著：「這太小了吧？你連腿都得縮起來睡，這樣睡一整夜不會全身痠痛嗎？」

帝摩斯低垂著頭，靜靜不語。

姊姊和姊夫也不喜歡他睡在櫃子或床底下。

睡在櫃子裡是不是真的很不好呢？

可躺在床上，他根本睡不著。

以前試過一次，結果整整三天沒睡，直到最後一天晚上才終於睡去——或者根本就是昏迷，直接睡到隔天晚上，期間姊姊叫都叫不醒，嚇得她之後不敢再禁止他睡在櫃子裡。

格里西亞皺著眉頭，喃喃自語：「得換個大櫃子才行，不然你以後長得更高，會睡得更不舒服吧，可是教皇陛下一定不肯給錢，得想想辦法。」

帝摩斯眨了眨眼。所以……他可以繼續睡櫃子嗎？

思考一陣子後，格里西亞一個拍手定案。

「要掙錢買櫃子的話，你今天就不要幫我改公文了，我們帶上草莓去打不死生物吧，這樣可以順便接點冒險者公會的任務領賞金！」

帝摩斯小小聲提醒：「可是我們不能私接冒險者公會的任務吧？老師知道的話會罰我們的。」

「這任務本來就是我老師偷接卻叫我去做的——咳咳！」

格里西亞脫口說完才發現自己竟然把老師的祕密說出來了，還好面前的人是超安靜的帝摩斯，不是大嘴巴希歐。

見帝摩斯仍舊猶猶豫豫地坐在衣櫃裡，格里西亞一把將人拉出衣櫃，說：「不用擔心，我絕對不會讓你被罰的。」

帝摩斯偏了偏頭。這倒是眞的，明明他最近被格里西亞拉著去做了很多小騎士還不該做的事情，但眞的一次都沒有被罰。

格里西亞搭上他的肩，認眞地說：「聽我的話，我們去打不死生物，我才能給你買睡覺用的大櫃子！」

大櫃子！帝摩斯眨了眨眼。

「嗯，聽你的話。」

♣♣♣

「老師，怎麼做才能不被換掉呢？」

聽到問題，菲溫合上書，看向眼前的學生。

對於帝摩斯這個從不給他多添麻煩的孩子，他倒是越來越有耐心了。

即使當年一開始對於帶學生這事覺得煩，但多年來的相處讓再淡漠的人都能生出溫情，尤其帝摩斯還是這麼讓人省心的學生。

菲溫想了想，爲什麼學生會突然來問這種事。

「因爲最近接二連三的換學生風波？」

帝摩斯乖巧地點頭。

菲溫莞爾：「我以爲你不那麼喜歡成爲白雲小騎士，我當年宣布的時候，你甚至錯愕地問『爲什麼是我』。」

帝摩斯低垂下頭，被劉海遮住大半的臉有些紅，其實他不是擔心自己，而是那個光一般的人。

雖然格里西亞總說不用怕，他老師根本不能沒有他，絕對不會同意換掉他，但帝摩斯還是憂心忡忡。

菲溫本還有點興致打算問問學生爲什麼變了，但想起最近從隊友那裡聽到的風涼話，說什麼果然就連他的學生都逃不過格里西亞的魔掌，藏在櫃子裡也沒用，還不是照樣被拉出來到處做事。

又不問了。

突然明白學生提問的眞正用意。

菲溫感覺十分微妙，他略感無奈道：「不用擔心，太陽騎士長不可能會接受學生被換掉，尼奧一向霸道，誰都不可能讓他動搖。」

跟格里西亞說的一樣呢！帝摩斯感到一陣寬心，隨後卻想起自己。

「那我呢？會、會被換掉嗎？」

帝摩斯覺得格里西亞就像光一樣耀眼，居然有人會想換掉光，那自己這麼糟糕這麼黑，是不是也早就有人想換掉他了呢？

倒眞不是沒有人非議過帝摩斯的古怪性格，但菲溫連理都懶得理。

這次換學生的風波緣由，說穿了不過是一群貴族在找事。

這一屆學生幾乎全是平民身分，唯一一個身分高點的是審判小騎士，但也算不上眞正的大貴族，當年就引起許多貴族不滿。

加上最近部分貴族的骯髒事被挖出來，甚至不少人被判刑，貴族們想報復卻不敢惹有著史上最強太陽騎士稱號的尼奧，所以才找上他的學生——但或許眞沒找錯人。

菲溫是不信尼奧有那個耐心去一件件挖出貴族的骯髒事，這事多半眞是格里西亞鬧的，在尼奧的准許之下。

因此，菲溫一點都不擔心，要是眞惹火尼奧，會被換掉的人還不知道是誰呢！

遲遲未回話，菲溫就看見學生又緊張到揪手指，還小心翼翼偷看老師的神色，眞以為那片薄薄的劉海能擋住所有小動作呢。

菲溫不禁莞爾。沒打算對學生解釋這麼多，這種事交給太陽小騎士吧，他一直做得挺好的。

「你到圖書館去找一本書，叫作《白雲騎士守則》，裡面有白雲騎士所有應盡的職責，你照著做便不會出錯，只要你沒有錯就無人能換掉你，包括我在內。」

「好！」帝摩斯雙眼發亮，轉頭就跑，跑了一小段後才想起來，連忙回頭向老師道別。

「老師我去找書！」

「嗯，去吧。」

菲溫看著學生匆匆忙忙跑走的背影，不由得想起蘭碧總是不斷抱怨自家學生被格里西亞吃得死死的，一天到晚幫忙改公文，導致小小年紀就有重重黑眼圈，偏偏說也說不聽，就是要幫格里西亞的忙。

現在看來他的學生似乎沒好到哪去，不過嘛……

菲溫想到學生房間裡那個大得誇張的衣櫃。

好像……也不是不行。

〈不知處〉完

結語

看此篇番外之前，推薦先複習第五集，如果大家手邊有之前出過的白雲番外篇〈幫個小忙〉及前面第三集附的〈當老師還不是老師〉，可以搭配服用，效果更佳（？）。

但沒有〈幫個小忙〉也無大礙就是，此處對於白雲小時候的經歷描寫得更詳細，不會漏掉重要訊息的。

本篇的篇名是〈不知處〉，大家應該第一眼的解讀是不知道白雲又躲去哪啦！沒錯，這就是篇名的第一個意思，不知白雲的去處啊！

至於第二個意思嘛，大家都應該知道全句是「雲深不知處」，雲深主要意思是白雲深藏的一些祕密，這就是第二個偷偷藏在裡面的意思。

我當初還猶豫篇名到底要用「雲深」還是「不知處」，最終選了後者，感覺更符合我們永遠不知在哪的白雲騎士。

這篇還有菲溫老師和羅里克老師的首次出場，不知道大家喜不喜歡老師們的故事呢？歡迎來臉書跟我反應喔！

御我

The Legend of Sun Knight

吾命騎士 不知處

作　　者　御我
插　　畫　J.U.
封面設計　莊謹銘
責任編輯　林珮緹
總 編 輯　黃致雲
發 行 人　陳常智
出 版 社　魔豆文化有限公司
發　　行　蓋亞文化有限公司
地址：台北市103承德路二段75巷35號1樓
電話：02-2558-5438　傳真：02-2558-5439
電子信箱：gaea@gaeabooks.com.tw
投稿信箱：editor@gaeabooks.com.tw
郵撥帳號　19769541　戶名：蓋亞文化有限公司
法律顧問　宇達經貿法律事務所
出　　版　2025年6月

魔豆

魔豆